立松和平が読む

良寛さんの和歌・俳句

生真面目な顔 忘れられず ―立松和平さんを悼む

高井有一

行動派の作家として多彩な人生を送った――立松和平の訃《ふ》を伝える新聞記事の一節にそうあったのに、私は苦い思いで見入った。内部の何者に衝《つ》き動かされたのか、社会に進んで加わるための行動と、厖大《ぼうだい》な量の執筆の絶え間ない繰り返しが、遂《つい》に強靭《きょうじん》だった筈《はず》の彼の体力を超えてしまったのだと思えてならない。

彼とは三度、中国旅行を一緒にした。十人足らずの仲間が同行した暢気《のんき》な旅だったが、彼一人は暢気ではなかった。列車や飛行機で移動の際には、席に着くなりノートを取り出して詳しい日記を付け、夕食後にみんなで一杯やるときにも、これから記録の整理をするから、と言って滅多《めった》に加わらなかった。そして帰国して数日後に編集者に渡す約束の旅行記は、成田に帰着したときには、既に出来上がっていたのである。

私はいささか呆《あき》れて、少しは遊び心に身を任せたらどうだ、と言ってみたが、そんな生ぬるい言い種《ぐさ》に耳を藉《か》す彼ではなかったであろう。

彼と知り合ったのは、一九六〇年代末の「早稲田文学」編集室である。編集長の有馬頼義氏が、たまたま彼の習作を読んでその才能に着目し、「この作者には何でもどんどん書かせよう」という事になったのである。編集委員の一人として、私も協力した。

その時分の編集室は、若い文学青年が大勢出入りして賑《にぎ》やかであった。

そこへしばしば原稿を持って現われる彼が〝ワッペイちゃん〟と呼ばれて親しまれるようになるまで、時間はかからなかった。

いつか雑談の合間に「ワッペイの文章は、馬から落ちて落馬して、といった風な文章だ」とけなした男がいた。確かに彼の若書きには、文章の弛《ゆる》みが目立つ場合があったから、私も進んで尻馬に乗った。そのときの彼の頬《ほお》を膨らませ、口を尖《とが》らせた不服顔は、今思い出しても可笑《おか》しい。やがて彼は周囲の群から脱《ぬ》け出して、あちこち一人きりの旅に出掛けて行くようになる。

彼の早過ぎる死を知ったあと、私は短篇集『晩年』（二〇〇七年、人文書院）を読み返した。自身の周りから彼岸へ旅立って行った人々を語った連作集。「一人一人を惜別の念とともにていねいに見送りたいと願う」と彼は後記に書いている。

作品の雰囲気はどれも静かである。作者の父親と同じく、長い苦しみの末に死んで行った人も尠《すくな》くなく、愁嘆場にも事欠かないのだが、それ等の熱気は冷めて、隣の椅子に坐《すわ》っていた人が、黙ったままつと立って、どこかへ去ってしまったような印象が遺る。そうなったのは、近年の彼が仏教に傾倒を深めていた事と関係があるだろうか。

中国旅行の途次、あれはどこだったか、寺院に飾られた仏像の前に立って、彼が頭を垂れ、凝《じっ》と合掌していた事があった。そして、長い祈りのあとようやく歩き出した彼は、ふと私を顧みて、仏教の力は偉大だ、と呟《つぶや》くように言った。彼が何を考えていたか、むろん解らないが、彼の、にこりともしない生真面目な表情は今も忘れられない。（作家・「朝日新聞」2010.2.13. 夕刊）

立松和平が読む　良寛さんの和歌・俳句

目次

第二章［庵］

第五章［俳句］

[第一章]……春

梅の花散るかとばかり見るまでに降るはたまらぬ春の淡雪

梅の花が散ったとばかり思っていたら、春の淡雪が積もるでもなく降っていた。これだけの意味であるが、良寛の歌というのはどうも深読みしたくなる。

道元《どうげん》の『正法眼蔵《しょうぼうげんぞう》』のうち「梅花」の巻にはこのような文章がある。


老梅樹の忽《たちまち》開花のとき、花開世界起なり。花開世界起の時節、すなわち春到なり

老梅がたちまち開花をするとき、花開いて世界は起こる。花開いて世界が起こるとき、すなわち春の到来である。

いつもそうなのだが、道元の使う言葉は表面の意味だけではないところが、難

解であり、深遠でおもしろいのだ。ここにある老梅樹は、同じように誰にでも見える老いた梅の樹ではない。仏性や法性といわれているものである。この仏性が花開いたときに、世界は起こるのだ。仏性はそのへんいたるところにあって、たった一つの花を開かせると、あらゆる自然現象を起こし、太陽や月を動かす。仏性とは私にもあり、誰にでもあり、本来の自分そのもののことである。私は花を咲かせ、世界を起こし、花でも風でも雪でも宇宙でも自在に操ることができる。自然を動かす真理を、心の内におさめることができるということである。

そのような仏性そのものである梅の花が咲き、世界が始まって春が到来すると思ったが、散っていたのは咲いた梅の花ではなく、淡雪だったと良寛は詠っているのだ。この積もらない淡雪もまた仏性である。

出雲崎にて

春の野に若菜摘みつつ雉子の声きけばむかしの思ほゆらくに

春の野に出て若菜を摘んでいると、雉子《きじ》の声が聞こえてきた。その声によって、昔のことがしみじみ思い出されてくる。

「出雲崎にて」とあるから、生家の橘屋《たちばなや》の跡にでも寄ってから春の野に出たのだろう。良寛は五十九歳から六十九歳まで国上山《くがみやま》の乙子神社《おとごじんじゃ》の草庵《そうあん》に住む。その頃の歌である。

良寛は出雲崎の庄屋橘屋の長男として生まれた。理由は不明ながら家督を継がずに出家をした。その心の内は、その後の良寛の生き方を見ればわかる。良寛は寺も持たず、僧の階位にもこだわらず、一衣一鉢の暮らしをし、すべてを捨てる暮らしを送ったのだ。仏教者として最高の理想を身をもって追求したのだが、もちろんそれは誰にもできるということではない。

良寛がまず捨てたのは、橘屋という生家だったのだ。弟の由之《ゆうし》が家を継いだのだが、しっかりしていると思われた由之も俗世での日々がうまくいかず、出雲崎の農民八十四名から駆け込み訴訟を起こされ、奉行所からの申し渡しで名主橘屋は家財没収のうえ追放になった。名主職は剥奪され、橘屋は消滅してしまったのである。

「むかしの思ほゆらくに」の悲傷は深い。由之とその息子馬之助はその後苦難の人生を送ることになるのだが、すでにすべてを捨ててしまった良寛には失うものもない。それでも無常を感じ、雉子の声を聞いただけで失われた昔を思い出してしまう。良寛は苦悩の人でもあった。

春の歌とて定珍と同じくよめる

春がすみ立ちにし日より山川に心は遠くなりにけるかな

春になり、霞が立つようになった。その日から春の山や川のほうに、心は遠くのほうにいってしまっている。

このような意味である。「春の歌とて定珍《さだよし》と同じくよめる」とある。「春霞立ちにし日より」は『万葉集』の中の歌にもあり、『万葉集』を好んだ良寛は、友の定珍と歌くらべをしていてふとこの言葉が浮かんだのであろう。

阿部定珍は良寛が庵居をした国上山の近くの渡部村《わたべむら》の庄屋で、代々酒造業を営み、良寛より二十一歳年少であった。定珍はしばしば酒を持って五合庵にいき、泊まることもあり、和歌や漢詩を思いのむくままに詠じた和漢唱和連作が残っている。これもそのような和歌のうちの一首である。親子ほども年が違うのに、臆することなく定珍は良寛と肩をならべて堂々と歌っている。連記された歌の中には、定珍の作もまじっているとの説がある。

霞の中をいけば衣湿る

これは道元の言葉である。霞の中を歩いていくと衣が湿るように、すぐれた人と交われば知らず識らずのうちに影響を受けるということである。この場合、多く影響を受けたのはむろん定珍のほうだろうが、良寛も定珍からも少なからずの影響を受けている。

万葉歌人と評価される良寛だが、『万葉集』を学ぶことにおいて、定珍の力を借りている。当時定珍は『万葉和歌集』二十巻を持っていた。良寛は定珍からそれを借り受け、筆写し、朱墨（注釈を付す）をして研鑽をしたとされている。（34頁）

ひさかたののどけき空に酔《ゑ》ひふせば夢もたへなり花の木の下

季節は春である。のどかな空の下で、酒に酔って野に伏していると、なんとも不思議なすばらしい夢を見る。ことに花の木の下に寝ころんでいると。

良寛が一人で酔って寝転んでいたとは思えない。この時にも清遊する友がいたのだ。この友は造り酒屋の阿部定珍であったと想像してもよい。五合庵に良寛を訪ねる時、贈り物を欠かさなかった。その中には当然酒もあったのである。

心の底から気持ちよく酔っている良寛が彷彿としてくる。こうしていることが至福で、これ以上何を欲しいとも思わない。禅刹《ぜんさつ》には酒を持ち込んではいけないのだが、五合庵は寺ではないのだし、そんな堅苦しい修行は若き日に備中国《びっちゅうのくに》円通寺で充分にやってきたのである。

「夢もたへなり」との夢はどんな夢であったろう。鎌倉時代の華厳《けごん》宗の僧明恵《みょうえ》は、清浄行をしている人は夢の中でも浄らかであるとし、自己の修行のために夢日記の「夢記《ゆめのき》」を書いた。明恵は「釈迦の遺子」であることを自覚し、恋慕のあまり神護寺の釈迦如来に手紙を書いたほどである。夢の中での修行をはじめたのは、この世では本当の師がいないとの自覚を持ったからであろうか。

良寛の道も誰も歩いているものがいなかったゆえに、彼は孤独であった。夢の中を覗いてそこが「たへなり」といっているが、良寛の見た夢はどんなであったのだろうか。

道のべに菫《すみれ》つみつつ鉢の子を忘れてぞ来しあはれ鉢の子

道傍ですみれ摘みをしているうちに、大切な鉢の子を置き忘れてきてしまった。可哀相な鉢の子よ。

良寛は一衣一鉢の人である。この意味は、衣一枚と托鉢の鉢が一個あれば、天地一枚の間で自由自在の修行ができるということである。第八祖・摩訶迦葉《まかかしょう》（釈迦の十大弟子）の十二頭陀行《じゅうにずだぎょう》（仏道修行のための生活規律）によると、食についてはこう書かれている。

一、人の招きを受けず、日々に乞食を行じ、修行僧に定められた一食分を金銭では受け取らぬこと。

食は一日一食を定められている。衣についてはこうである。
一、三領衣《さんりようえ》のみで、余分の衣を持たぬこと。また寝具の中で眠らぬこと。
三領衣とは、寺や王宮や集落で托鉢し説法する時に着る大衣、礼拝や説法の集まりに着る中衣、作務や就寝の時に着る小衣と三種の衣である。しかし、良寛が三領衣を整えていたとはとても思えない。

十二頭陀行はあまりに厳格で、古代の修行者迦葉《かしよう》にしてはじめて行じることができたのだろう。一方の良寛は、捨てて捨ててきた人である。僧の階位も捨て、寺の住職になることも捨ててきた人である。最後に残ったのが一衣一鉢だが、その鉢もすみれ摘みに夢中になって野に置き忘れてきてしまった。一衣一鉢は僧としての最後の最後の威儀である。それを忘れるのは大変なことだと、良寛はあわてて探しに戻ったのである。可哀相なのは鉢の子ではなくして、良寛のほうだ。

この宮ノ森の木下《こした》に子供らと遊ぶ春日になりにけらしも

　この神社の森の木の下で、子供らと遊ぶことのできる春の日になったことである。

　冬から解き放たれ、家の中に閉じ籠もっていた子供たちも、外に出てきた。ようやく子供たちと遊ぶことができるという、良寛の喜びの歌である。

　神社とは乙子《おとご》神社で、この境内にある草庵に良寛は住んでいた。その草庵に子供たちは良寛と遊ぶためによくやってきた。口伝として伝わるところによると、毬つき、おはじき、山菜摘みなどをして子供たちと楽しく遊んだとされる。

　秋の日、良寛は子供たちと隠れんぼをし、刈り入れをしたばかりで高く積まれた藁《わら》の中に潜った。夕暮れになり、子供たちは一人帰り二人帰りした。

次の朝早く近くの農民が燃料にするための藁を抜きにいくと、藁の中から良寛がでてきてびっくりした。

「おや、良寛さま」

思わず農民が呼ぶと、良寛はしいーっと声を出した。

「これこれ、子供に見つかるではないか」

良寛が子供と遊んだのは、無垢な子供たちを仏と思ったからである。何も求めず、何も求められない。時間になれば良寛を残してさっさと帰ってしまう子供たちであるが、遊んでいるその最中は良寛は無心でいることができたのだ。無心とは「我」がない状態であり、一種のさとりの境地ともいえる。どんなところにもさとりを見つけるのが良寛なのである。(36頁)

この里に手まりつきつつ子供らと遊ぶ春日は暮れずともよし

子供たちは大人の心をそのまま写す。良寛が無心ならば、子供たちも無心なのだ。子供たちは良寛の心の写しだともいえる。

解良栄重《けらよししげ》「良寛禅師奇話」には、良寛と子供のこんなエピソードが描かれる。良寛がやってくると、子供たちが後を追ってきて、「良寛さま一貫」と叫ぶ。すると良寛は驚いて後ろに反り返る。「二貫」といえばまた反り返り、「三貫」「四貫」と数を増やしていえば、ますます反り返って後ろに倒れそうになる。子供たちは良寛の様子を見て大いに笑う（第八話）。ある日良寛は栄重にいった。

「この里の子供たちは悪戯《いたずら》が過ぎる。わしも老いてははなはだ迷惑だ」

栄重は尋ねた。

「良寛さまはどうしてそんなに苦労して子供と戯れるのですか。子供の相手をしなければよいではありませんか」

「してきたことはやめられぬ」

こんな遊びをはじめたわけは、せり売りの売り人があまり高い値段を大声で叫び、あまりの高さに驚いて良寛は後ろに反り返った。それを見ていた子供が遊びに取り入れたのである。子供は良寛が苦しむのを知っていた。それでも良寛がやめられなかったのは、良寛が布施《ふせ》の人だったからだ。

これは小さなことではあるが、自己犠牲の精神につながっていく。良寛は子供に向かって捨身《しゃしん》したのである。布施につながる捨身ならば、つらいからといって途中でやめるわけにはいかないのだ。

春雨のわけて其れとは降らねどもうくる草木のおのがまにまに

春雨は特別にそこだけと降るわけではないが、受ける草木はそれぞれの機縁によって雨を得ている。

この歌を読み、私は道元『正法眼蔵』の「都機《つき》」の巻を思い浮かべる。月とは、清浄心や菩提心が無礙《むげ》円満なることをたとえた。

光、万象《ばんしょう》を呑む

光とは月光のことである。月の光がすべての森羅万象を呑みつくすと同時に、月を認識した心がすべての森羅万象を含んでしまう状態である。月に照らされた万象の中には、生もあり死もある。生きて死ぬことがすなわちさとりなのであるが、私たちの人生の中で、生も死も隠されているわけではない。全宇宙で隠されているものは塵《ちり》ひとつさえもなくて、すべては露《あら》わである。過去も過ぎていってて消えてしまったのではなく、未来はいまだ現れず見えないのではなくて、すべてがこの今に現成《げんじょう》されている。人が認識しようとしまいと、そこには何でもあるのだ。それがすべての現象が光に呑まれて露わになった状態である。

月の光とは、すなわち仏法のことだ。仏の教えがこの世の現象のすべてを包み、すべてを露わにする。

何処《どこ》を差別《しゃべつ》するでもなくまんべんに降る春雨とは、月光と同じように、仏の教えのことである。自分だけの上に雨は降れといえないと同様、仏法に自分だけを真理の光で包めとは、誰もいえない。

手にさはるものこそなけれ法《のり》の道それがさながらそれにありせば

手に触ってはっきりとわかるようなものではないが、それがそのまま仏の教えとわかったならばそれでよいということである。

この柔らかさが、良寛である。自らは峻厳な修行をしながら、修行によって身につけた仏教の哲理を、言葉と態度によって人々に柔らかく伝えるのだ。大乗仏教の理想、上求菩提《じょうぐぼだい》、下化衆生《げけしゅじょう》を身をもって生きたのである。子供と遊び、友人たちと酒を飲んでは和歌を詠み漢詩をつくり、自由自在に生きた良寛を見れば、多くの人は禅の名刹《めいさつ》円通寺で、さとりを得た人の証明である印可を受けた僧だとは、とても思わなかったのではないだろうか。

仏法とは、月の光のようなものである。月の光は何をも差別《しゃべつ》することなく、すべてのものを包んでいる。このことを意識しなくても、月の光から逃れられるものではない。それが仏法なのだ。月光が手に触ってはっきりと形がわかるようなものではないと同様、仏の教えとははっきりと形があるものではない。

仏法は形のはっきりしている仏像にあるというわけではない。仏像は木や土や金属でできている物体に過ぎないのである。仏法の入口としての仏像は存在するにせよ、仏像に礼拝したからといって、仏法を得たということにはならない。

仏教といふは、万像森羅《まんぞうしんら》なり

道元の『正法眼蔵』の中の言葉である。森羅万象とは形のないものなのだ。(38頁)

あしひきの山べに住めばすべをなみしきみ摘みつつこの日暮らしつ

山のふもとの小さな庵に住んでいると、淋しさわびしさがつのってきてどうしようもなく、仏に供える樒《しきみ》（春の花）をせめて摘んでこの日を暮らしたことだ。

「山べ」とは山のふもとのことだが、五合庵にしろ乙子神社にしろ、山中にぽつんとある淋しいところだ。聞こえるのは風の音ばかりで、雨が降れば雨の音しか聞こえない。いくら修行を成就して国仙和尚《こくせんおしょう》より印可を受けたといっても、淋しいものは淋しいのだ。淋しさにもだえ苦しむようなこともあったろう。

そんな時、良寛は樒の花や枝をとるために山を歩くというのだ。国上山の自然が、良寛の慰藉《いしゃ》となったのである。ただ漫然と山を歩くのではなく、仏花の樒をとるというのも、一人暮らしはある程度勤勉でなければできないということである。

しかし、寒雨が杉林や竹林に降りそそぎ、しかも夜で外出もできず、寂寥を慰める方法もない時がある。そんな時、良寛は道元の『正法眼蔵』を開き、静かに心を込めて考えるという漢詩を残している。「夜、永平録を読《よ》む」という、良寛とすれば最も長い部類に属する漢詩である。

蒼茫《そうぼう》たり　草庵《そうあん》の夜《よる》
寒雨杉竹《かんうさんちく》に灑《そそ》ぐ
寂寥《せきりよう》を慰《なぐさ》めんと欲《ほっ》するも良《まこと》に由《よし》無く
暗裏模索《あんりもさく》す　永平録《えいへいろく》

草庵の夜は青黒い空が果てしない
冷たい雨が杉や竹に降りそそぐ
寂寥を慰めようとしてもよい手だてもなく
暗がりを手探りして永平録を取り出した

この詩を読み、なんだ私と同じじゃないかと思った。宝石のような言葉に、心が磨かれていくような気がする。良寛と私が同じなどとは絶対にいわないが、どうにもならない力で迫ってくる寂寥に向かい合う方法が同じだといっているのである。（40頁）

ゆ《遊》き《幾》か《閑》へ《弊》り《利》見れ《礼》ど《東》も《毛》あ《安》か《可》ず《数》
わ《和》が《我》やど《東》の《能》す《春》す《丶》き《幾》がう《宇》へに《尓》おけるし《之》らつ《川》ゆ《由》
（68頁の類歌）

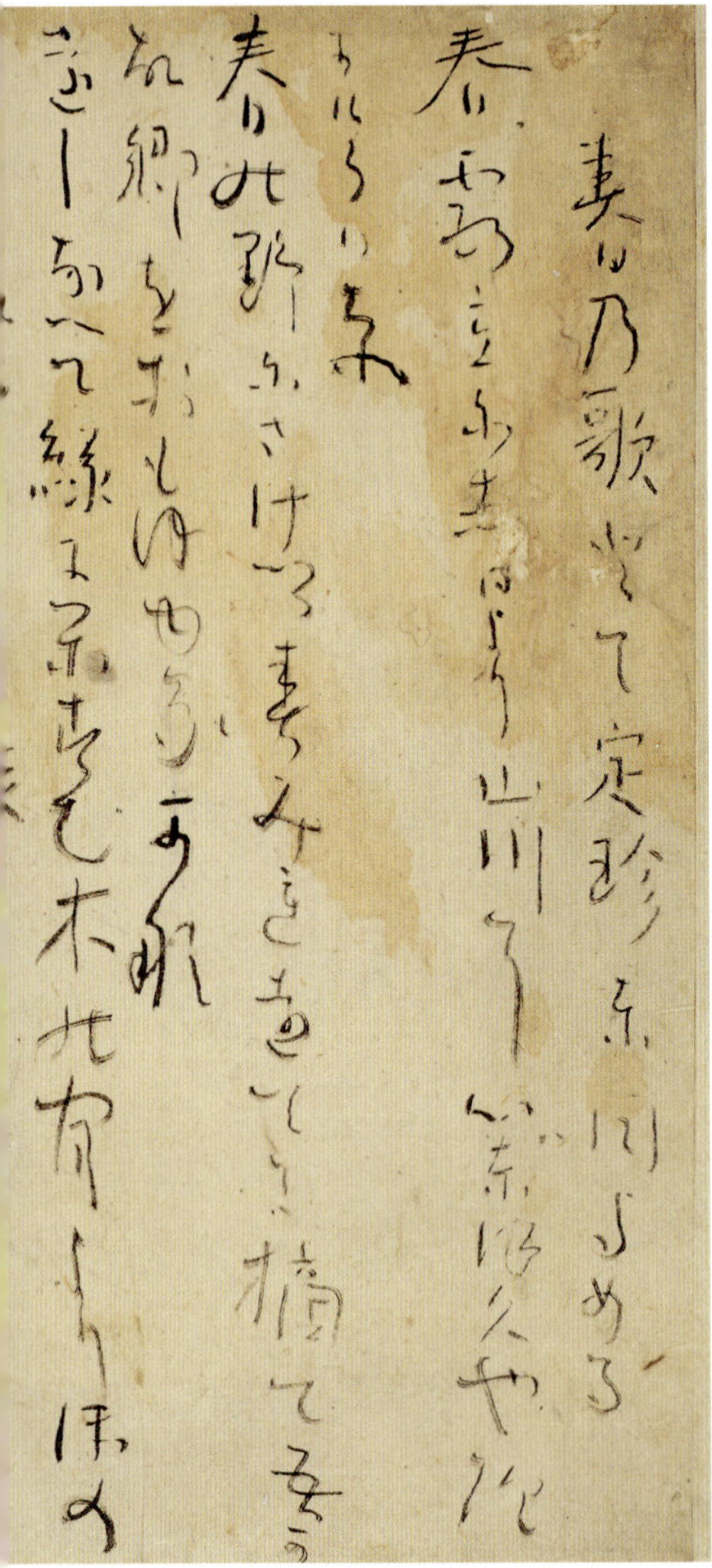

春の《乃》歌と《登》て《天》定珍と《東》同《おなじく》よめる

春霞立《たち》に《尓》し《志》日より山川に《耳》心は《八》と《東》ほ《保》く《久》也《なり》に《尓》け《介》るか《可》な《奈》

（16頁）

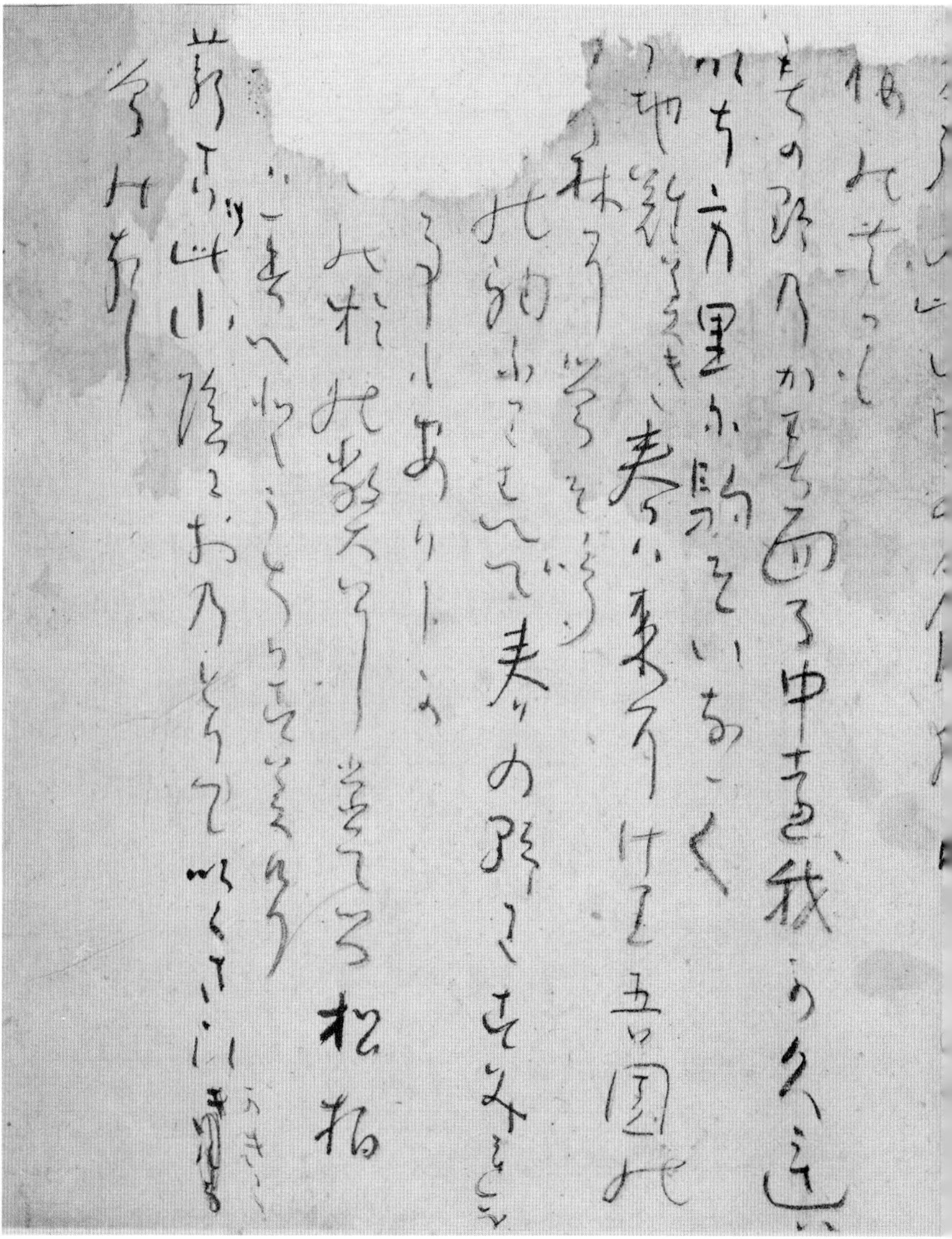

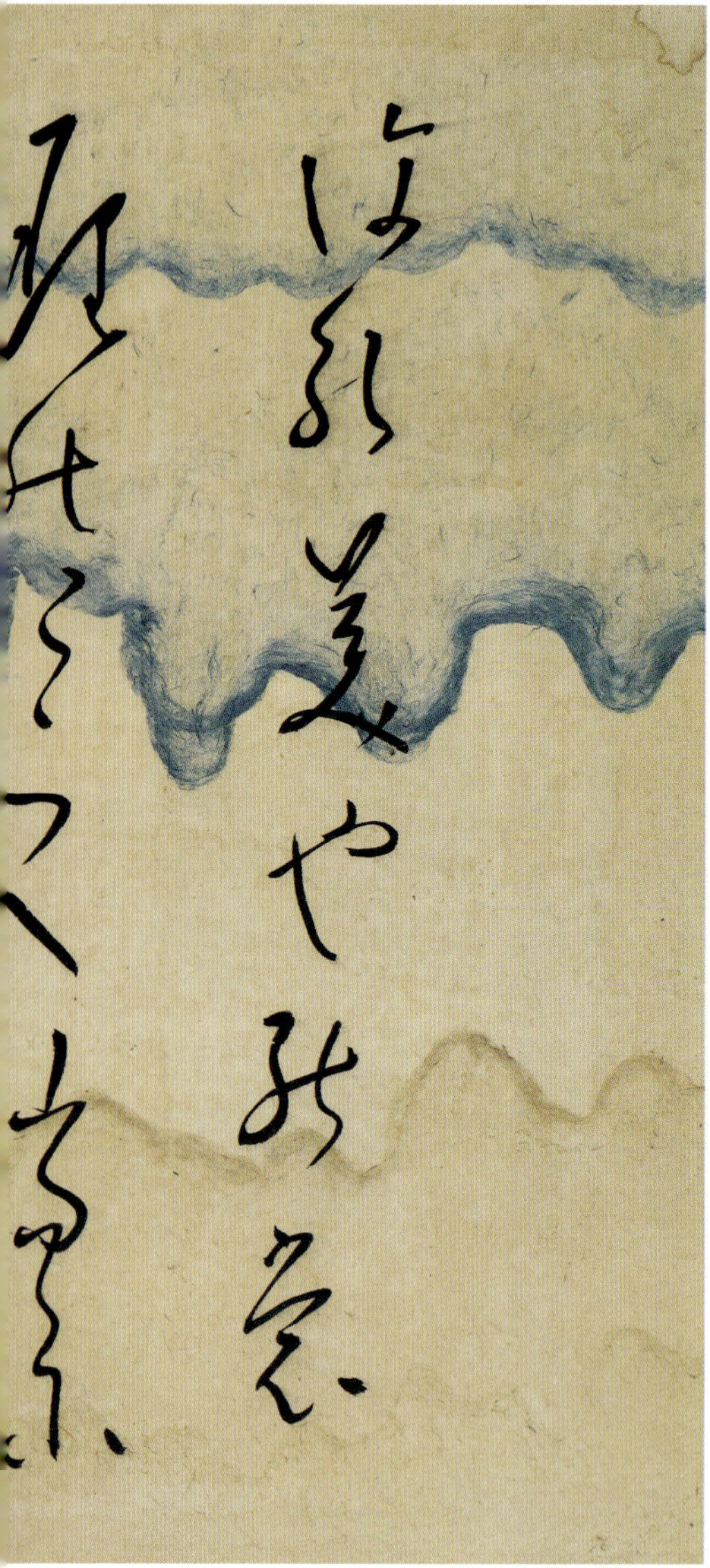

こ《許》の《能》み《美》やの《能》も《裳》
り《理》の《能》こし《之》た《當》に《尓》
こど《東》も《毛》ら《羅》と《東》あ《安》そ《所》
ぶ《布》は《春》る《留》ひ《非》は《盤》く《久》れ《礼》
ず《数》と《東》も《毛》よ《与》し《之》

良寛書

（22頁の類歌）

いつまも つれ なき
なよ き よも 人を
なよ き を こらく
ことなう

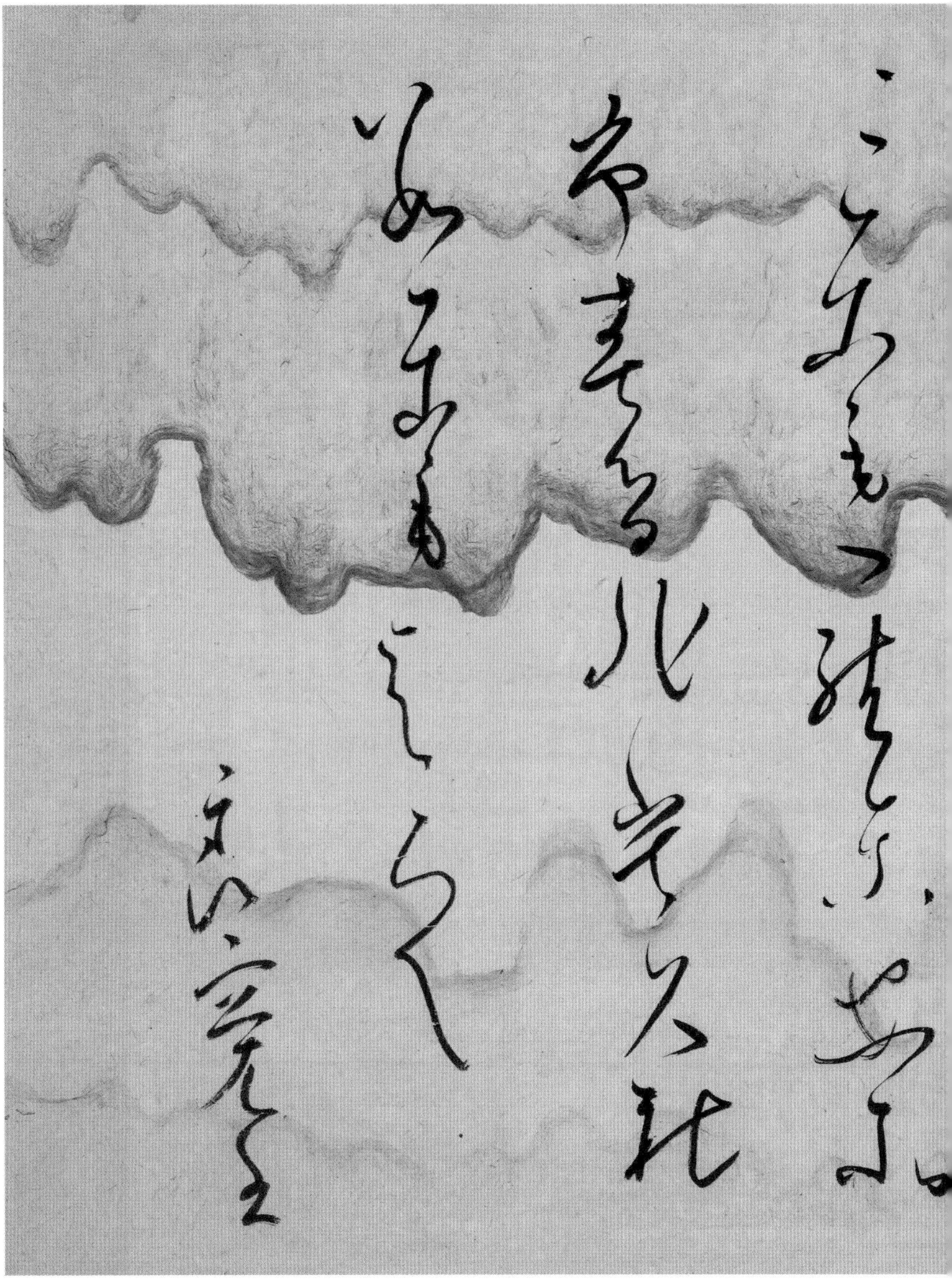

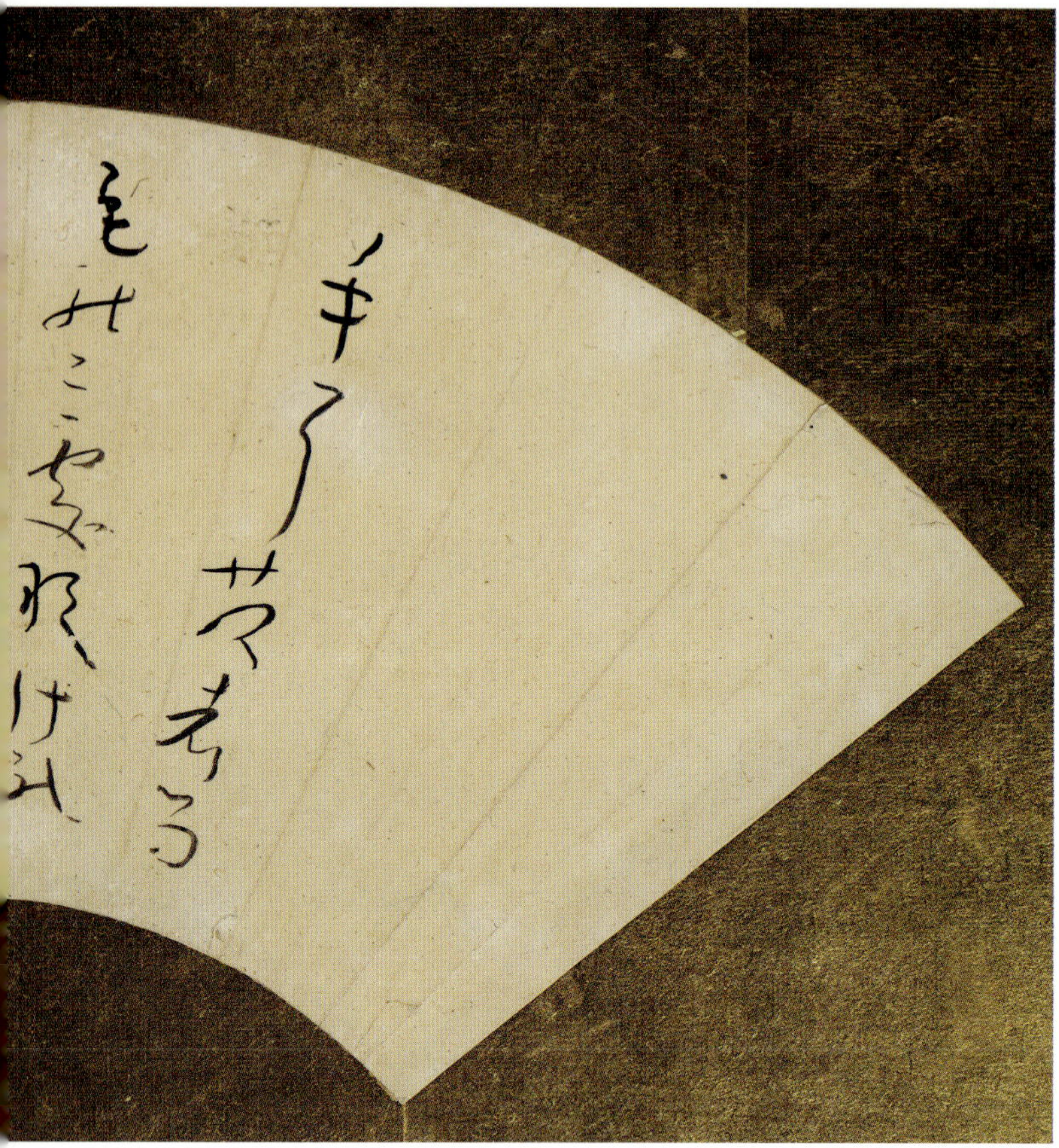

手に《耳》さ《散》は《者》る《留》
も《毛》の《能》こそ《處》な《那》けれ《礼》
り《里》の《能》道そ《所》れ《礼》が《可》
さ《散》な《奈》が《閑》ら《羅》それ《礼》に《尓》
あ《安》り《利》せ《世》ば《者》

良寛

（28頁）

のつ九そふみつ
天こふゐそひら
やりとか
ゐらひ

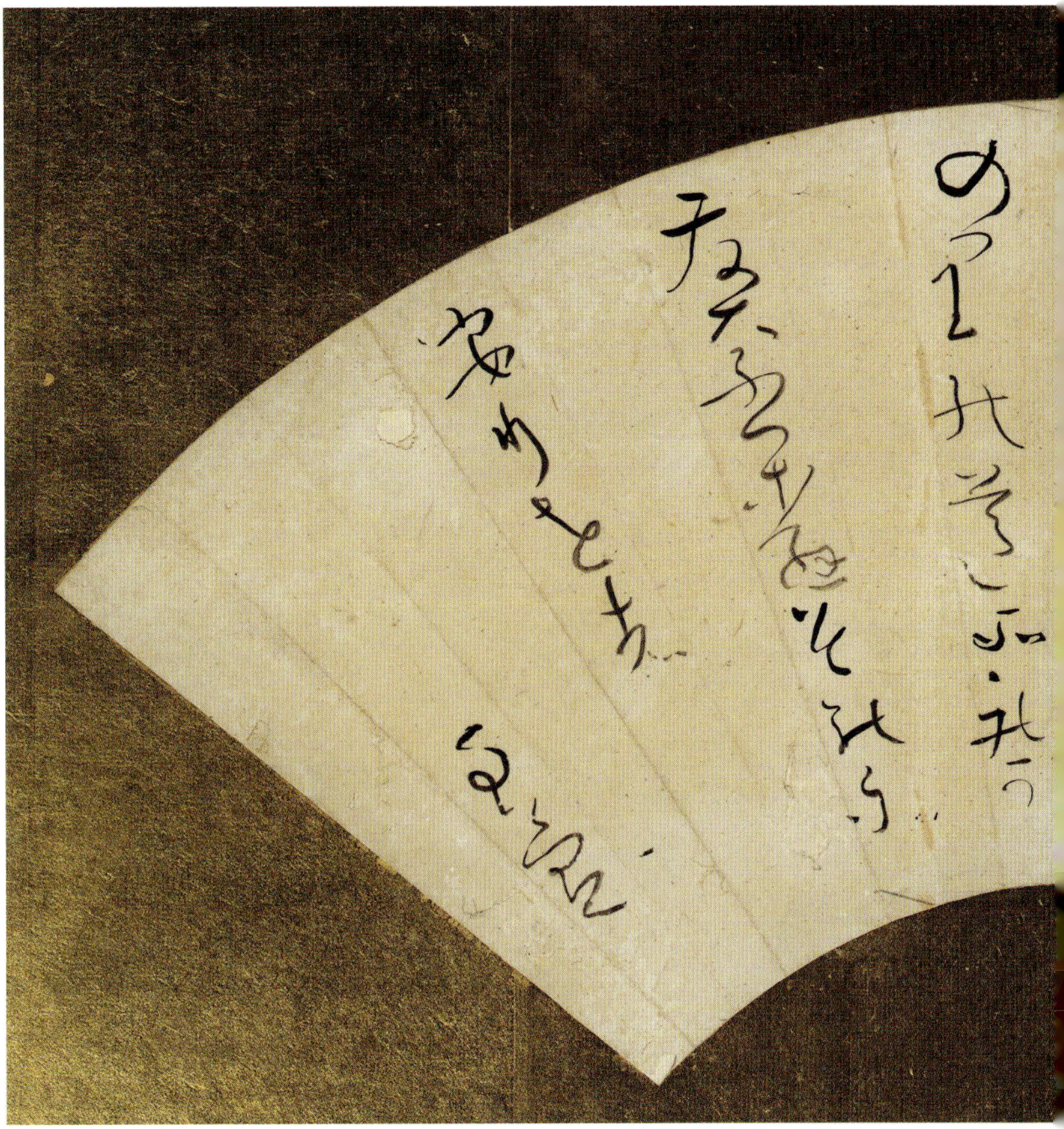

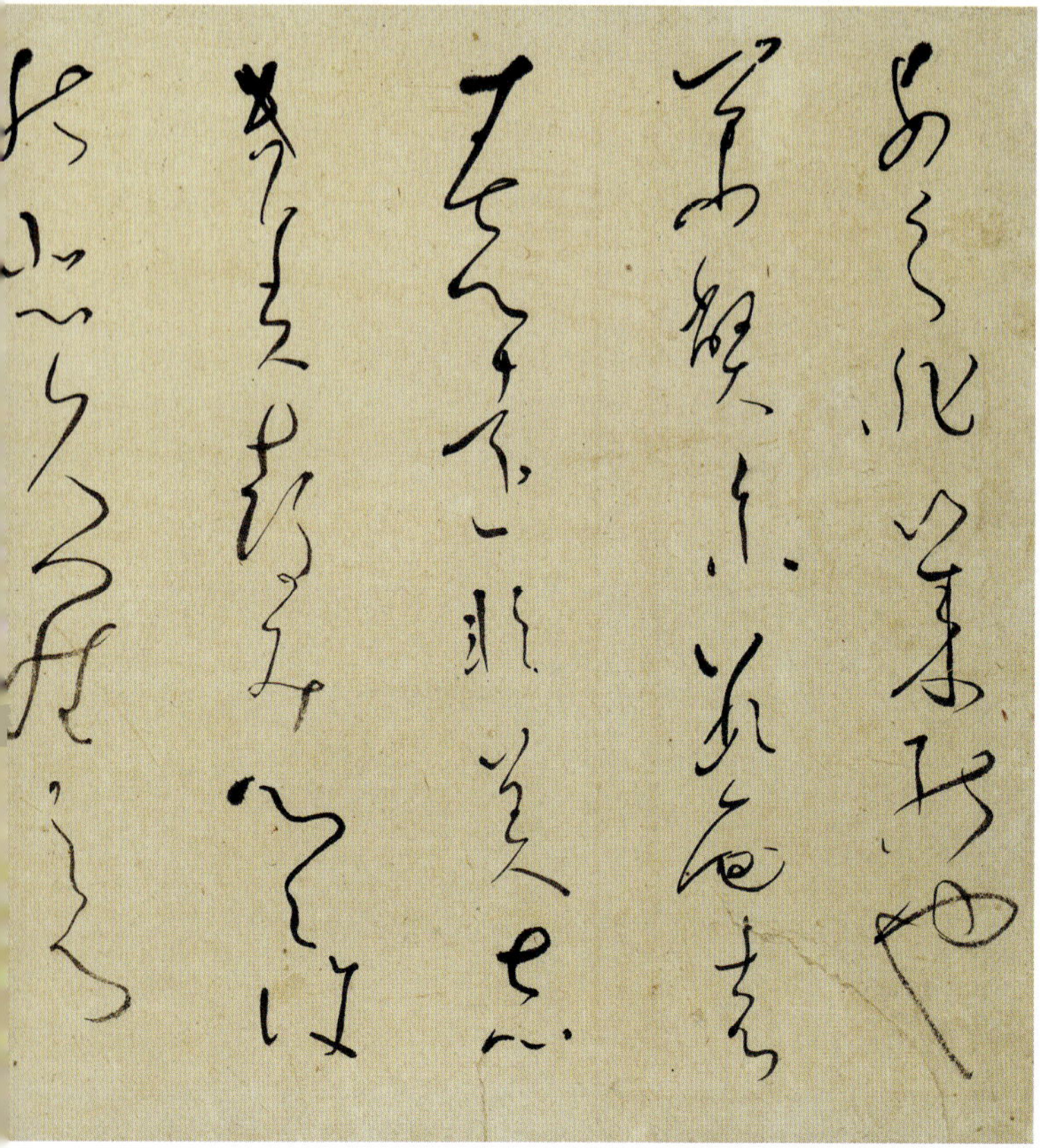

あ《安》し《之》ひ《非》き《幾》の《能》や
ま《萬》べ《弊》に《尓》す《数》め《面》ば《者》
す《春》べを《遠》な《那》み《美》し《志》
き《幾》み《美》つ《都》みつ《川》ゝこ《許》
の《能》ひ《悲》く《久》ら《羅》し《之》つ《川》

（30頁）

光いとあはれに
花もみなひらけ
きぬきみまつむし
こゑをたてゝも
なきぬべらける

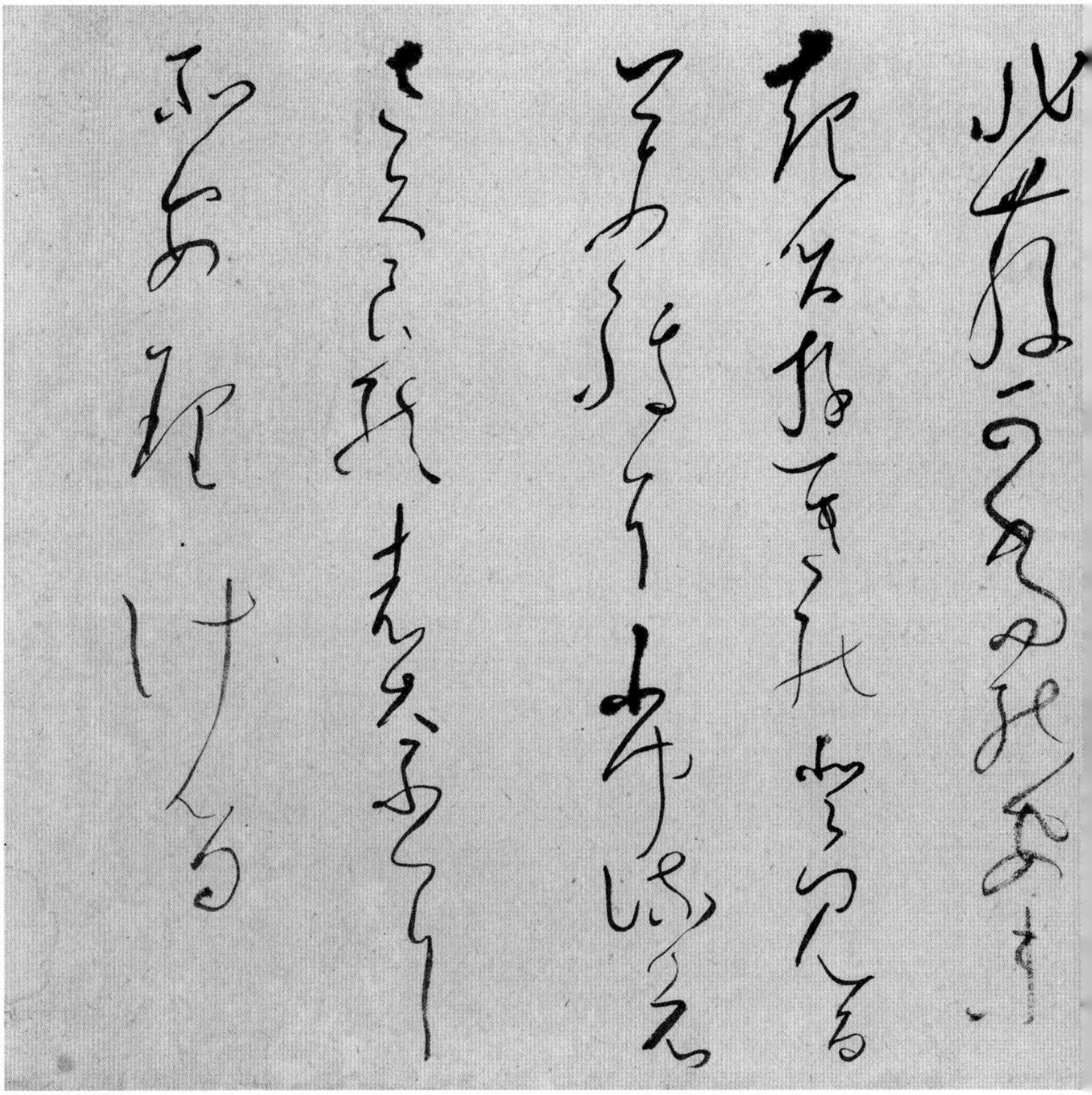

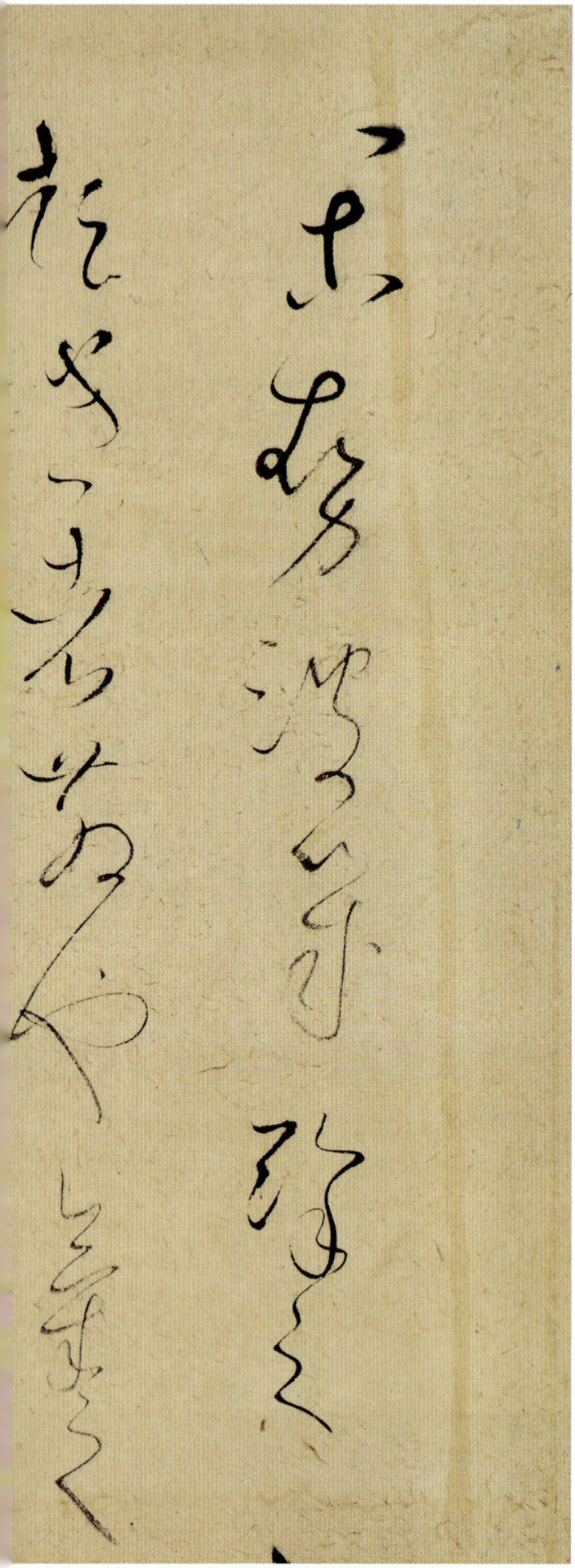

か《閑》ぜ《勢》は《波》き《幾》よ《餘》し《之》　り《利》あ《安》か《可》さ《散》ん《無》おい《以》の《乃》
つ《都》きは《者》さ《散》や《也》け《氣》し《之》　な《那》ごり《里》に《耳》
いざ《散》と《東》も《裳》に《尓》おど《東》
沙門良寛

（62頁）

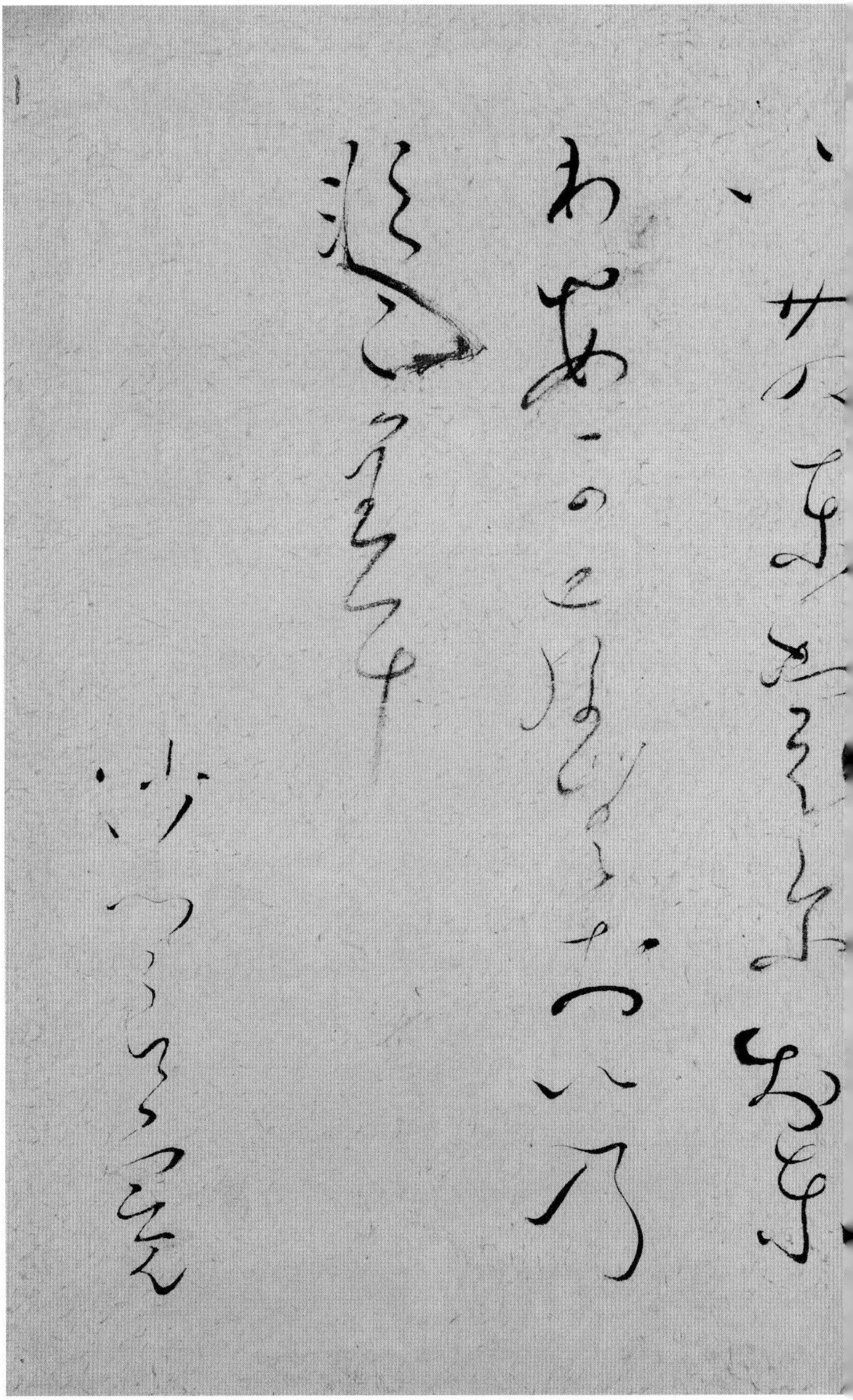

ひ《悲》さ《散》か《可》た《堂》の《能》
あ《安》めの《能》は《者》れ《禮》
ま《万》に《耳》み《美》わ《和》
た《當》せ《勢》ば《八》あ《安》を《遠》み
わ《和》た《堂》り《里》ぬよ《餘》も《毛》
の《乃》やま《萬》く

良寛書

（64頁の類歌）

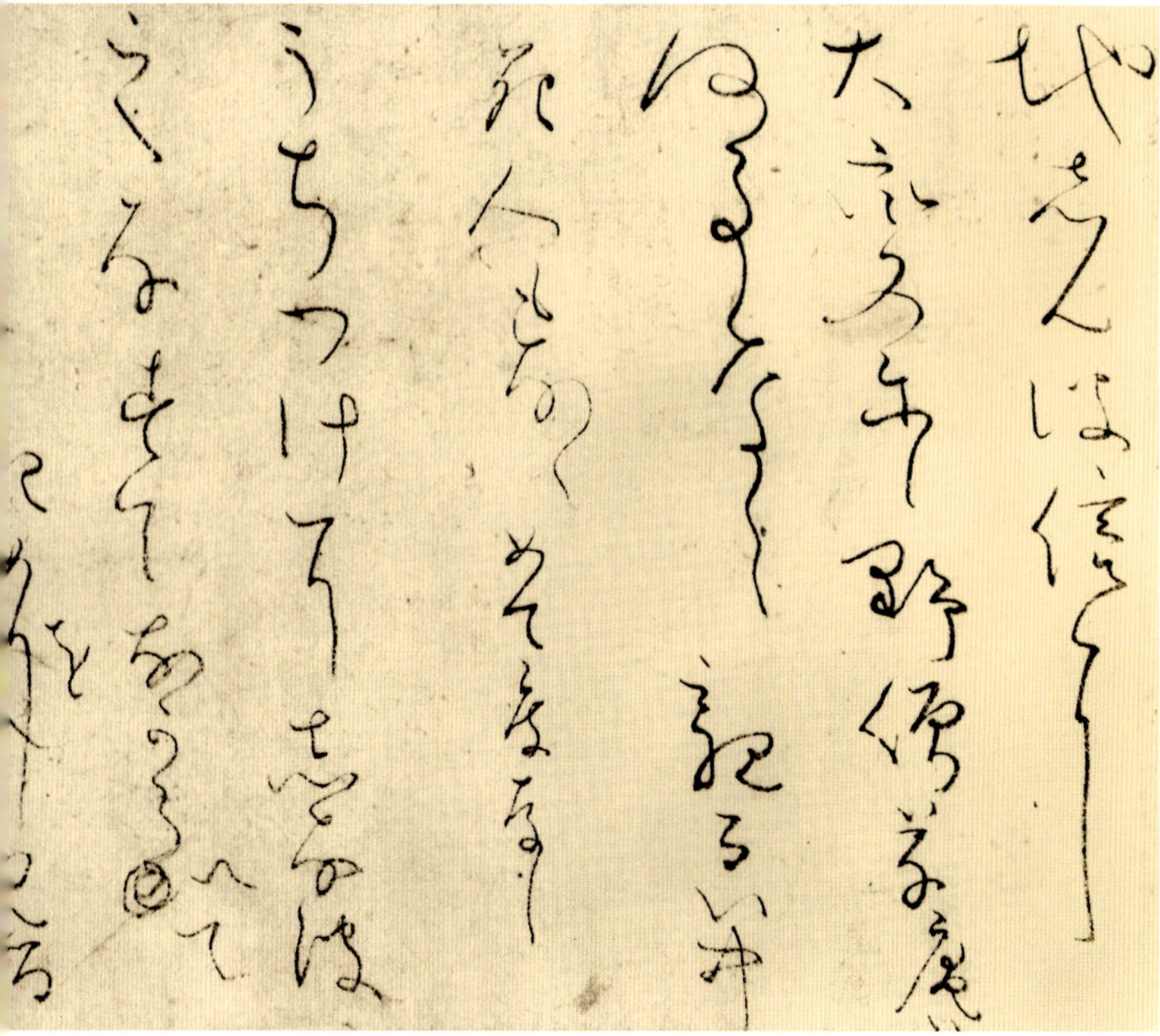

地し《志》んは《波》信《まこと》に《耳》
大変に《尓》候《そうろう》　野僧草庵は《八》
何事なく親るい中
死人もな《奈》くめで度存《たくぞんじ》候
うちつけに《耳》し《志》な《奈》ば《波》
し《之》な《奈》ず《春》てな《奈》が《可》らへて
か《可》ゝるうき《起》めを見る

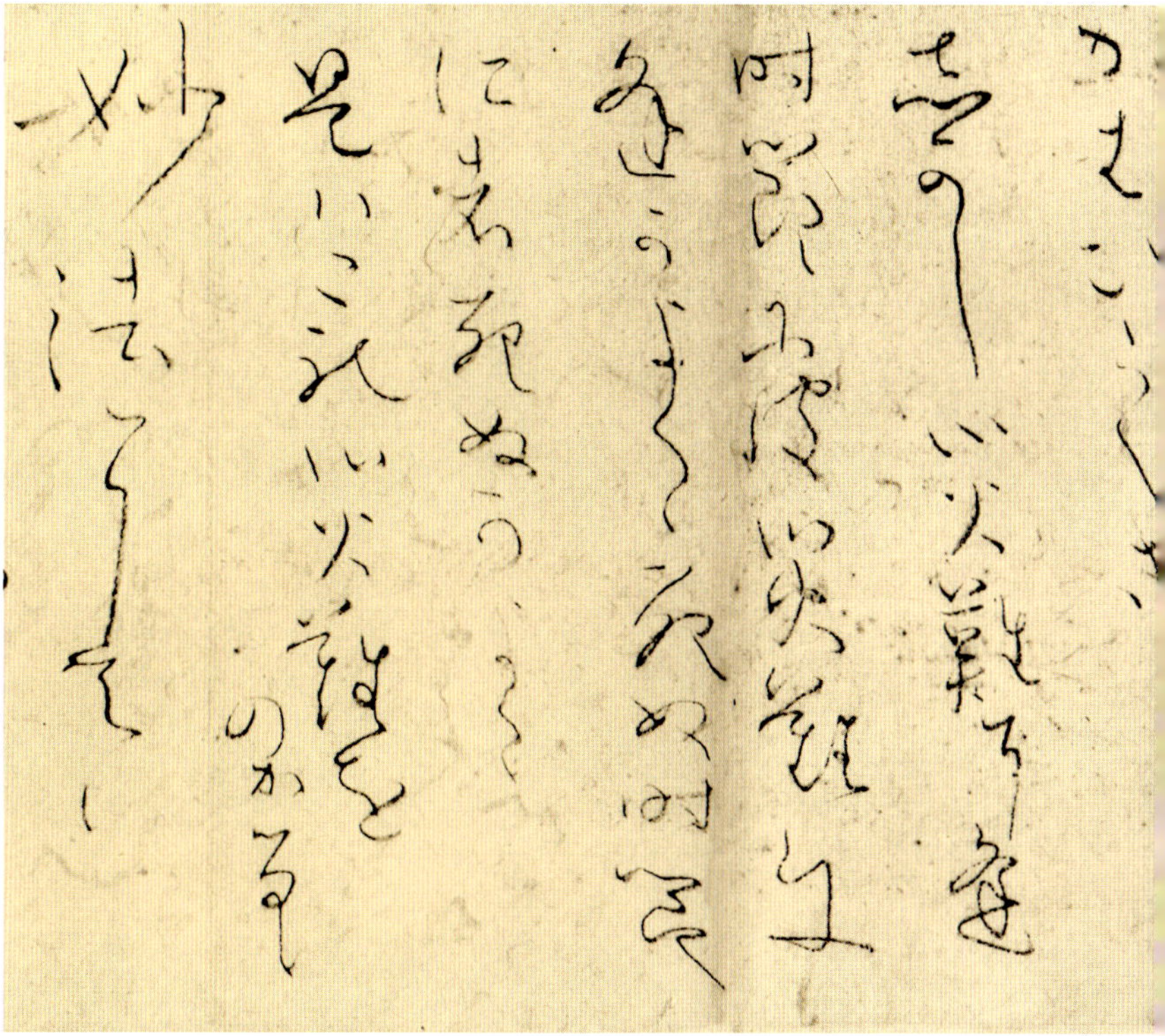

がわ《王》びし《之》さ
し《志》か《可》し災難に《耳》逢
時節に《尓》は《波》災難に《尓》
逢が《可》よく候《そうろう》死ぬ時節
には《者》死ぬが《可》よく候
是《これ》は《八》これ《礼》災難を
のがるゝ
妙法に《耳》て《天》候

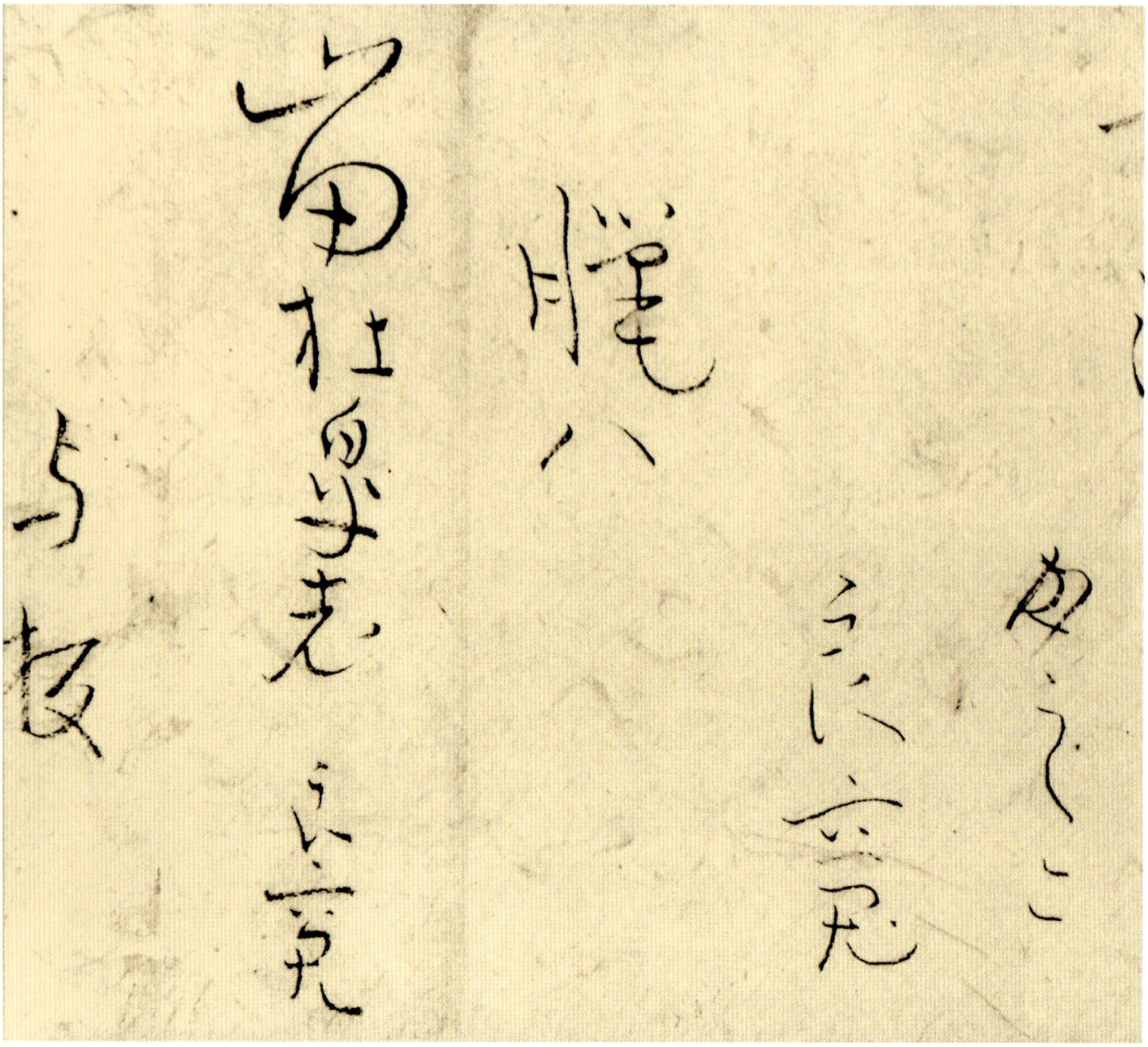

かし《之》こ
良寛
臘八
山田杜皐老　良寛
与板
（90頁）

［第二章］……………庵

柴やこらん清水や汲まん菜やつまん時雨の雨の降らぬまぎれに

山にいって薪木を伐ってこなければならない。谷で清水を汲んでこなければならない。野にいって菜を摘んでこなければならない。時雨《しぐれ》の冷たい雨が降ってこぬ間に。

故事によれば、釈迦は『法華経』を習得するために、柴を伐り、清水を汲み、菜を摘んで仙人に仕えたという。『拾遺和歌集』には次の行基《ぎょうき》の和歌がのっている。

法華経を我が得し事はたき木こり菜摘み水汲み仕へてぞ得し

これは釈迦の身になって詠んだ和歌である。『法華経』を習得するためには、釈迦でさえ人に仕えなければならなかった。まして凡夫の身をもってすれば、どんなことでもしなければならない。そんな意味が込められているのだろう。

　良寛が法華八講の法会を意識して詠んだ歌とされる。法華八講とは『法華経』八巻を、四日間朝夕二座で講じるもので、平安時代に貴族の間で流行した。朝を朝座、夕を夕座という。日本ではじめて講じられたのは、推古天皇十四（六〇六）年、岡本宮で聖徳太子によってである。

　これは良寛の法華八講についての和歌であるが、表面の意味だけをとれば、庵居とはいえ一人暮らしの忙しさを詠ったとも解釈できる。一人で暮らしている以上、薪木とりも水汲みも菜摘みも、全部一人でやらなければならない。それが生きるということなのである。ただただ気の向くまま、天然自然のままに生きることはできない。そんな日常の些事のあわただしさを詠ったといえなくもない。

軒も庭も降り埋めける雪のうちにいや珍しき人の音《おと》づれ

軒も庭も大雪に埋められ、まわりは静まり返っているのだが、まことに珍しいことに、この庵にあなたの便りが届いた。

乙子《おとご》神社草庵の時代の良寛の歌である。人里離れた庵に暮らし、人恋しいほどの孤独の中に生きていた良寛である。「人の音づれ」を「便りが届いた」とするか、「人がやってきた」とするか迷うところだが、手紙がきたのだとしても誰かが雪を踏んで届けにきたのだ。

さくっさくっと雪を踏む音が、良寛の耳に届く。その音はどんどん近づいてくる。「音《おと》づれ」は「訪《おとず》れ」なのである。望んでした庵居であっても、たまらないほど淋しくなったこともあったろう。まして人好き子供好きの良寛である。人がやってくる気配に、ふと耳を澄ませ、心をおどらせる。そんな情景が浮かんでくる。良寛は孤独な夜をどれほど重ねてきたのであろうか。そのことを考えると、胸に迫るものがある。その孤独の中から生まれた大慈大悲の思想なのだ。

五合庵にしろ乙子神社にしろ山深いところにあり、夜になって雨が杉木立や竹藪に降りそそぐと、寂寥を慰める方法もない。そんな時に良寛は暗がりを手探りして道元の『正法眼蔵』をつかみ、机の上に置いて香をたき燈火をつけ、姿勢をただして読みはじめるのだ。

もちろんそうしているのは良寛だけではない。私も、同様なのである。多くの人が、今もそうしているに違いない。

歌もよまん手鞠もつかん野にも出でん心一つを定めかねつも

歌を詠もうか、手鞠をつこうか、野に出て遊ぼうか。あれもこれもしようとして、どれをしようかと心を決められないでいる。

歌を詠むことも、子供たちと手鞠をつくことも、はたまた野に出て隠れんぼでもして子供たちと遊ぶことも、どれも良寛には同じことだったのだ。あまりにも自由な境地を感じさせてくれる。「無常迅速《むじょうじんそく》、生死事大《しょうじじだい》」である。時の流れは速く、人は確実に死に向かって歩んでいるのだ。それなら生き死にを究めることが人生の大事だと、道元は口癖のように語っている。『正法眼蔵随聞記《しょうぼうげんぞうずいもんき》』で、道元はいう。

学道の人は後日をまちて行動せんと思うことなかれ。ただ今日今時《こんにちこんじ》をすごさ

ずして日日時時《にちにちじじ》を勤《つと》むべきなり

仏道を学ぼうとするものは、後日を待って行動しようと思ってはならない。この今この日を空しく過ごさずして、毎日毎日その時その時を全力で生きていかねばならないのだ。

仏道を行じるために、まず庵室などを用意し、衣鉢を整えてから行おうと思ってはならない。世渡りのため奔走してはならない。どんな状態でも確実に一瞬一瞬寿命は尽きていくのだ。道具が揃うのを待ち、庵が建つのを待っていたら、一生を無駄に過ごすことになってしまう。

歌を詠もうか子供と遊ぼうかといっている良寛は、一瞬でも無駄にせず、彼なりの修行をしようとしているのだと、私には読める。

時鳥いたくな鳴きそさらでだに草の庵は淋しきものを

ほととぎすよ、そんなに激しい声で鳴いてくれるな。そうでなくとも草の庵は淋しいのだから、ますます淋しくなってくるではないか。

文意はこのようであるが、私はこの歌は道元の「春は花　夏ほととぎす　秋は月　冬雪さえてすずしかりけり」の釈教歌に通じ、この歌へのあこがれを詠じていると感じる。釈教歌とは詩的な感興に身をまかせるのではなく、仏法の極意を伝える歌である。

「春は花」の歌は日本の美しい風景をならべたのではなく、諸法実相《しょほうじっそう》を詠ったのだ。実相とはありのままの姿形であり、ありのままの性であり、ありのままの身体であり、ありのままの心である。ありのままの世界であり、ありのままの雲や雨であり、ありのままの行住坐臥《ぎょうじゅうざが》であり、ありのままに人が生きるすべてである。花は花の、ほととぎすはほととぎすの、ありのままのはたらきである。

ところがそもそもの因（原因）が同じでも、縁（条件）によって現象としてあらわれる形はどんどん変わる。私たちの持つ縁は強い執着にまみれているのだから、現象として見える果（結果）は本来どのような形をとるべきだったかわからない。

道元は『正法眼蔵』のうち「諸法実相」の巻のはじめに書く。

仏祖の現成《げんじょう》は、究尽《ぐうじん》の実相なり

釈迦がこの世に生まれたのも、達磨が天竺《てんじく》から東にやってきたのも、その姿（相）はあらゆるものごとの真実の実現（現成）であり、究め尽くした実相そのものである。

草の庵にひとりしぬればさ夜更《ふ》けて太田の森に鳴くほととぎす

粗末な草の庵に一人で寝ていると、夜更けに太田の森で鳴くほととぎすの声が聞こえる。初夏になったのである。

歌の意味はこのようであるが、深読みするなら、これも諸法実相を歌った和歌と読める。

『法華経』「方便品《ほうべんぼん》」第二で、釈迦牟尼仏はこのように語ったと書かれている。

仏が知る真理は、仏と仏との間でのみよくその実相がきわめつくされているのである。あるがままの法はどのような形をとっているか、あるがままの法にはどんな特質があるか、あるがままの法にはどんな本性があるか、それは

仏だけが知っていて、仏だけが見ているのだ

道元はこれを受け、『正法眼蔵』「諸法実相」の巻でいう。

仏と仏との間でのみよくその実相がきわめつくされている

そうであるなら、仏にならなければ実相を見ることができないのである。仏教は他者を仏の救いの世界に導くと同時に、自分自身が仏になることができるようにとの教えなのである。良寛は仏のさとりを自分自身も得ることができるようにと、玉島円通寺で苛烈な修行をしてきた。仏が見るあるがままの実相を、自分自身もあるがままに見ようとした。それがさとりである。

実相には姿も形もない。だから時には老梅樹の姿をして現われ、また春を開く一輪の梅花として現われる。実相を知る、つまりさとりの瞬間は修行の果てにしかないが、いつ訪れるかわからない。

なきあとのかたみともがな春は花夏ほととぎす秋はもみぢば

私が亡き後のかたみともなればよい。春は花、夏ほととぎす、秋はもみじ葉を見たり聞いたりする時、私を思い出して欲しい。

明らかに道元の釈教歌を下敷きにしている。道元の「春は花　夏ほととぎす秋は月　冬雪さえてすずしかりけり」の釈教歌の真意とは、諸法実相を見る、つまりさとりの瞬間について歌っているのだと思える。日本の美しい風景の真髄を詠っているのではない。

『正法眼蔵』「諸法実相」の巻には、禅院らしい美しい情景の中で道元が体験したことが語られている。

夜中の三時頃、道元は山の上のほうから鼓を打つ音が三度響くのを聞いた。さっそく坐具をとりかたづけ、袈裟を掛けて、僧堂の前門よりでてみると、入室の札が掛かっていた。衆僧にしたがって法堂《はっとう》にいった。法堂の西壁の前を通り、寂光堂の西の階段を登った。寂光堂の西壁の前を過ぎ、大光明蔵《だいこうみょうぞう》の前の西の階段を登った。大光明蔵とは、住持和尚《じゅうじおしょう》の居室の方丈のことだ。

この部分は『正法眼蔵』に細密に描写されていて、中国浙江省寧波《せっこうしょうにんぽう》、かつての明州慶元府《みんしゅうけいげんふ》にある天童寺にいくと、現在でもまったくそのままである。道元は西屏風の南から、香台の前について焼香礼拝した。妙高台（大方丈）には簾《れん》がさがっていて、微《かす》かに住持大和尚の声が聞こえた。妙高台をひそかにのぞいてみれば、西にも東にも大衆《だいしゅ》（一般の僧）が重なるように坐っていた。道元は大衆の後ろに立ち、如浄《にょじょう》和尚の説法を耳をそば立てて聞いた。

風は清し月はさやけしいざともに踊りあかさん老のなごりに

風は清らかで、月は明るい。さあ私といっしょに踊り明かそう。老いた今をいつまでも心に残しておくために。

盆踊りを誘っている歌なのではあるが、道元のさとりのことを考えていくと、表面の意味以上の意味が込められているような気がしてくる。

道元がさとりに至る直前にこのようなことがあった。師如浄和尚は法常禅師が一つの言葉を三十年間噛みしめ、果てることのない修行をつづけて大梅山にはいった因縁についての説法をしていた。涙を流す大衆に、和尚はいう。

「時はまさに春だ。寒からず暑からず、坐禅にはよい季節である。兄弟《ひんでい》たちよ、どうして坐禅修行をしないでいられようか」

大衆が入室する前に、和尚は一言発する。

「杜鵑啼《とけんてい》、山竹裂《さんちくれつ》（ほととぎすが啼き、山竹は裂ける）」

和尚は偈《げ》を唱え、そのなかにこんな文言が含まれていた。

「一声の杜宇《とう》、孤雲の上（ほととぎすの一声が、孤雲の上をいく）」

まだ明けない孤雲の彼方にほととぎすが鋭く啼きながら飛んでいき、その一声の烈しさに山竹も裂ける。裂帛《れっぱく》の気を込めて啼くほととぎすの声は誰にでも聞こえるのであるが、静座をはじめようとする大衆の脳に、山竹さえも裂く鋭いほととぎすの声を刷り込んでおく。そして、現実には聞こえない諸法実相の声を聞かせようとする。如浄和尚はまことにすぐれた指導者である。正師《しょうし》（真実の師）の名にかなった人物だ。（42頁）

ひさかたの雨の晴れ間に出でて見れば青み渡りぬ四方《よも》の山々

長いこと降りつづいていた雨がやみ、庵の外にでて雲の間を眺めてみると、まわりの山々が青々と輝いて見えた。

もちろんこれをさとりの歌というのは早計だとわかっているのだが、道元と感応同交《かんのうどうこう》（衆生と仏菩薩の心が一致することで、転じて両者がまったく同じことを感じているの意）していた良寛であるから、また私なりの深読みをさせていただく。

僧堂での坐禅中、坐睡する修行僧を叱責する如浄和尚の声が、三黙道場であるはずの静寂の僧堂に響き渡った。

「参禅はすべからく身心脱落《しんじんだつらく》なるべし。ただひたすらに眠っておって、どうして坐禅によるさとりが得られるか」
和尚の大喝《だいかつ》を聞いた瞬間、道元はすべてのとらわれを離れ、身心が自由自在の境地に至っていることを無意識のうちに感じた。高ぶりもなく平常な心のうちに、大いなる自由の中にいたのである。

その前となんら変わったところはないものの、いつしか大悟徹底したのだと道元にはわかった。この妙境は文字ではどのようにも説明することはできない。身心脱落とは、それまで自ずからにあった秩序の中から脱落し、すべての関係性が新たになったことをいうのではないかと私は思っている。それは釈迦が優雲華《うどんげ》をさし出し、摩訶迦葉がにっこりと微笑して正法を伝えられた拈華微笑《ねんげみしょう》のように、心から心へと伝えられる微妙なことなのだ。その心のありようが青みわたる山に象徴されていると思えるのである。(44頁)

良寛と禅、そして道元

良寛《りょうかん》（一七五八〜一八三一）は越後出雲崎《いずもざき》の名主だった橘屋の長男として生まれました。ところが、名主を継ぐことを放棄して、隣町尼背《あまぜ》の光照寺で突然出家してしまいます。出家の原因は諸説ありますが、はっきりとはわかってはいません。良寛はそののち、出雲崎を訪れた国仙《こくせん》和尚に従って、備中の円通寺（岡山県）に入ります。良寛が奉じたのは曹洞《そうとう》宗でした。曹洞宗は中国禅の六祖慧能《えのう》の弟子・青原行思《せいげんぎょうし》の一門から起こった教えで、禅の代表的な宗派です。鎌倉時代に日本から入宋した道元《どうげん》（一二〇〇〜一二五三）が日本にもたらし、永平寺を開きました。道元は良寛にとって、もっとも尊敬する師でした。

［第三章］……………月と露

ゆきかへり見れどもあかずわが庵《いお》の薄《すすき》がうへにおける白露

行っては返り、返っては行き、様々な方向から何度も見ても飽きないものは、わが庵のすすきの上にたまっている白い露である。

露は美しい。そこに真理が語られていると明らかに感じられるからである。すすきの前を行ったり来たりしながら、良寛は道元の『正法眼蔵』の言葉を噛みしめたと私は想像する。

「人がさとりを得るということは、水に月が映るようなものです。月は濡れず、水は破れません。月は広く大きな光なのですが、小さな水にも宿り、月の全体も宇宙全体も、草の露にも宿り、一滴の水にも宿るのです。さとりが人を破らないことは、月が水に穴をあけないことと同じです。人がさとりのさまたげにならないことは、一滴の露が天の月を映すさまたげにならないと同じことです。水が深く見えることは、月が空高くにあるということです。さとりがどんな時節に得られたかということは、大きな水か小さな水かを点検し、天の月が広いか狭いかを考えてみればよいのです」

人は宇宙の全体と向かいあう一滴なのである。その一滴はまさに宇宙全体と拮抗している。仏教とはそもそも限りない人間肯定の思想なのだ。宇宙に向かって解き放たれた自己は、月と同じように完全となる。

すすきの上にたまった白い露は、全宇宙を呑んでいるのだ。この和歌はそのことを詠い上げているといったら、深読みすぎるだろうか。（33頁）

秋の野《ぬ》の草ばの露を玉と見てとらんとすればかつ消えにけり

秋の野の草についた露が玉と見えたので、手に取ろうとしたらたちまち消えてしまった。

これだけの歌である。この歌もまた深読みが可能なのだ。道元は『典座教訓《てんぞきょうくん》』の中で、この上ないこの言葉に出会って開眼したといってよい。

偏界曾て蔵さず《へんかいかつてかくさず》

すべての真理はまったく隠されていず、露わである。真理は隠されているわけではなく、台所にも便所にも畑にも僧堂にも野にも掌の上にも、そのへんいたるところにあるというのだ。良寛が子供たちと遊ぶのも、国上山の五合庵で乞食《こつじき》僧の暮らしをするのも、真理の中に豊かに生きているということだ。この言葉が、道元禅の本質を語っていて、良寛も強い影響を受けているはずである。

『典座教訓』では、次に雪竇重顕《せっちょうじゅうけん》禅師の頌《じゅ》（詩）がのせられている。

一字七字《いちじしちじ》、三五字《さんごじ》、万像窮《まんぞうきわ》め来《き》たるに、拠《よりどころ》を為《な》さず。
夜深《よふ》け月白《つきしろ》くして、滄溟《そうめい》に下《くだ》る。驪珠《りじゅ》を捜し得《え》ば、多許《たこ》あり。

一文字や七文字、三字や五字でものごとをあらわすが、あらゆるものごとは本質を究めてみれば、よりどころとなるものではない。夜更けの月は皎々《こうこう》と輝き、大海へとさった。月光に照らされてすべてが月一色の世界となるように、黒色の竜の顎の下にあるという、仏祖がお示しになった真理の象徴ともいうべき玉を、苦労して手にいれてみれば、そこいら中玉でないものはない。

良寛がとらえそこなった露とは、そのような玉である。

おく露に心はなきを紅葉ばのうすきも濃きもおのがまにまに

降りてくる露にあれこれ差別《しやべつ》する心はないのだが、もみじの葉は冷たい露を受けてそれぞれ薄かったり濃かったりして染まっている。このように天然自然はあれこれと分けへだてはしないのだが、これを受けとる側はそれぞれの縁によって違って受けとめる。

仏法に関しては、この世はすべて平等なのである。真理はすべての人を包み込んでいるのだ。良寛はこのことを和歌に込めたかったのであろう。

光、万象を呑む

『正法眼蔵』「都機」の巻にでてくる盤山宝積《ばんさんほうしやく》禅師の偈《げ》である。月の光がすべての森羅万象を呑み尽くすと同時に、心の光がすべての森羅万象を心に含んでしまう状態である。万象の中には、生もあり死もある。生きて死ぬことがすなわちさとりなのであるが、生も死も隠されているわけではない。全宇宙に存在するもので私たちの前に隠されているものは塵《ちり》ひとつもない。すべては露《あら》わである。過去も過ぎていって消えてしまったのではなく、未来はまだ現われずに見えないのではなく、すべてがこの今に現成されている。この世にはなんでもあるのだ。人が認識しようとしまいと、私たちのまわりにはすべての万象が、月に照らされているがごとく、隠しようもなく露わになっている。

これが道元思想の根本である。こうして真理は何を惜しむこともなく私たちを照らしているのだが、露を平等に受けたもみじ葉に濃淡があるように、私たちも人によって受けとめ方が違うのである。

秋の雨の晴れ間に出でて子供らと山路たどれば裳のすそ濡れぬ

秋の長雨のために外に出ることができなかったのだが、ようやく晴れ間がのぞいたので、子供たちと山道を歩くと、裳《も》の裾が濡れてしまった。

裳とは、僧侶が腰から下にまとう衣である。子供たちと外で遊びたいのに、秋の長雨に邪魔されていた。やっと外に出て、裳裾が濡れるのもかまわず子供たちと歩きまわる良寛の、喜びとはやる気持ちとが表現されている。

ここでも道元の言葉と呼応しあっていることを、私は感じるのである。

露の中をいけば衣湿る

この意味は、よき人と交われば、知らぬ間に影響をうけているということである。よき人と交われるならよき香りがつくのだが、悪しき人と交われば悪臭がつく。濡れた良寛の裳裾には、よい香りがついたことだろう。何故なら、良寛は大好きな子供たちと遊んでいたからだ。私欲のない子供たちは、良寛にとってはさとった人、すなわち仏だったのだ。

良寛は大寺円通寺で修行を積み、国仙和尚に印可《いんか》を受けた人である。さとった人としての証明を授けられたのだ。望めば大寺の住持和尚になるのもそう難しいことではない。しかし、良寛はすべてを捨て、国上山の粗末な五合庵で乞食僧の暮らしをした。しかも好んで子供たちと遊んだ。それはもちろん子供たちと遊んでいると、お互いによき影響を与えあって、「裳のすそ濡れくる」からである。良寛にとって、子供たちは仏であったのだ。

散りぬらば惜しくもあるか萩の花今宵の月にかざして行かん

散ってしまったのならば、惜しい気持ちになるであろうか。必ず散る萩の花を手に持ち、今宵の月にかざしていこう。

風流の歌とも読めるが、良寛の歌ともなればどうもそれだけではないようにも読める。ここでもまた深読みをしてみよう。

はなを風にまかせ、鳥を時にまかするも、布施の功業なるべし

時がくれば必ず散る花を風にまかせて散らせ、鳥を時の流れにまかせて啼かせるのも、仏の布施の真心の恵みである。『正法眼蔵』の言葉である。

無常に逆らってはいけないのだが、散っていく花を惜しむのもまた慈心ではな

いか。それならば今を盛りと咲く萩の花を折って月にかざし、「光、万象を呑む」のとおり真理の光を萩の花の満身に浴びさせていくのも、また悲心というものだ。

良寛は用事を果たすのが遅れ、五合庵に帰るのが少し遅くなってしまったのであろうか。月が皎々《こうこう》と照る夜道を歩いていると、萩の赤い花が満開だ。今を盛りと咲いている花ではあっても、その盛りはまことに短い。どうせ間もなく散るのなら、この世に満ちている真理を感じさせながらいくのもよい。

そう感じたのは、もちろん萩の花でも月でもなくて、良寛その人なのだ。仏教というのは唯心論である。良寛が感じたのなら、世の中はそのように見える。

この光景は、良寛による道元禅師への供養とも、私には感じられる。（126頁）

五合庵

良寛は玉島での修行を終え、諸国を放浪したのち、父以南の自死を期に出雲崎に戻ります。ところが、生家橘屋は弟の由之が良寛に代わって継いだものの、家運は傾き家は荒れ果てていました。良寛は国上山《くがみやま》の中腹にある隠居所「五合庵《ごごうあん》」を借りて住むことになりました。良寛四十七歳の時のこととされています。ここで良寛は阿部定珍らの庇護者、道元の書いた「永平録」、そして鳥の声を友としながら、十数年にわたって草庵生活を送ります。良寛はこのころ「秋萩帖《あきはぎじょう》」の粗末な法帖を手本に、書の稽古にも励んでいたようです。現在良寛の残されている書はこれ以降のものだと考えられています。

［第四章］……………ふる里

高野のみ寺にやどりて

紀の國の高ぬのおくの古寺に杉のしづくを聞きあかしつつ

紀伊国《きいのくに》の高野山の奥の古寺に宿り、杉に雨が降る音を聞いて夜を明かした。

この歌には前提がある。父以南《いなん》の桂川への投身自殺は、遺書はあったものの遺体は見つからなかった。そのため自殺は偽装で、実は高野山に身を隠したという説がある。以南は尊王思想を持って京都で活動し、幕府の密偵に追われたのだともいわれている。以南は「天真録」という書物を出版し、尊王思想を展開したのだとされているのだが、真実はまったくわからない。

良寛は備中国円通寺の国仙和尚に印可を受け、修行が完了したことを証明された。その後諸国遊行の旅に出て、途中で高野山にいったのだとも考えられる。父の死は印可の後だったから、自在な旅が可能であった。そうならば身を隠したと思われる父を探すため高野山にいったのだとも考えられるが、そうだったと証明できるものは何もない。この歌だけではわからないのである。だがもしその仮説のとおりだとしたら、この歌はにわかに深い意味を帯びてくる。父を訪ねて山の奥の寺にやってきた良寛の緊張が感じられる。

この歌の原本は「津《つ》の国」と書き始められていて、「紀の国」の誤りだというのが定説である。しかし、越後に帰る途中、摂津国の高代寺に寄ったのだとの説もある。高代寺は高野に代わる寺という意味から名付けられ、女人高野と称されていた。紀伊国の高野山は女人禁制だが、高代寺なら女人も参拝が許された。良寛の生涯でわからないことはたくさんある。そんな時期のことはただ想像してみるしかない。

来て見れば我がふる里は荒れにけり庭もまがきも落葉のみして

帰ってきてみると、私の故郷のあたりはすっかり荒れてしまい、昔の面影はまったくない。庭にも垣根にも落ち葉だけが散り積もっている。

良寛は備中玉島の円通寺で十七年間修行をした。その間母が死に、父以南《いなん》が自殺をした。以南は出雲崎の故郷を出奔《しゅっぽん》し、『天真録』を出版した後に桂川に身を投じて果てた。『天真録』は今に伝わっていないので内容はまったくわからないのだが、尊王思想に基づいていたので、幕府による弾圧を受けたのだという説がある。

蘇迷盧《そめいろ》の山を形見に立てぬれば我が亡き跡はいづら昔ぞ

これが以南の辞世の歌である。蘇迷廬とは仏教世界の中心にあるという須弥山《しゆみせん》のことである。須弥山を形見として立てておいたのだが、私の亡き跡は何処かと尋ねても、遠い昔のことのようで無駄であるという意味である。父の自殺という衝撃的な出来事により、良寛も今後どうするか決断を迫られていた。

とりあえず良寛は故郷の出雲崎に帰った。名主の家柄の橘屋は弟の由之《ゆうし》が継いでいたのだが、いざ帰郷してみると、良寛が見たのはすっかり荒廃した故郷の家の姿であった。寛政八（一七九六）年のことで、良寛にとっては我が身をどうするかという問いを突きつけられたと同じことだ。良寛三十九歳の時だとされる。

結局良寛は家郷を通り過ぎて郷本《ごうもと》村に廃屋を見つけ、そこを草庵として乞食行にはいるのである。このことで、その後の良寛の人生の方向は決定されたといえる。（122頁）

あわ雪の中に立ちたる三千大千世界《みちおおち》また其の中にあわ雪ぞ降る

華厳経《けごんきよう》的宇宙観である。淡雪とはすなわち一つの仏体で、その一つを見ていると、千体仏が集まっている。またそのひとつの仏体を見ていると、それはまた千体仏が集まったものである。この淡雪の集合体がすなわち三千大千世界《さんぜんだいせんせかい》であり、良寛はそれを〈みちおおち〉と読んでいる。

この歌は、京都の桂川で投身自殺した父橘新左衛門以南の辞世歌をしのんで、良寛が時を置いて詠ったのである。父の辞世の歌は次のようにも記される。

蘇迷盧《そめいろ》の山をしるしに立て置けば我が亡《な》き跡はいづら昔ぞ　以南

父が詠った蘇迷盧の山、すなわち須弥山は大海の中にあり、それを九山八海が取り囲んでいる。これが須弥世界で、この須弥世界が千集まると小千《しょうせん》世界となり、小千世界が千集まって中千《ちゅうせん》世界となり、中千世界が千集まると大千《だいせん》世界となる。大千世界が三千集まったのが三千大千世界である。自分は仏の大きな世界に捨身するが、そのしるしとして須弥山を立てて置くと詠って、父は娑婆世界を去っていった。そのような無数の中から自分の亡き跡を探そうとしても無駄なことであると以南はいい残したのだ。実際、以南の遺体は見つからなかった。

「あわ雪の中に立ちたる」とは、父以南が立てて置いたという須弥山のことだ。その雪のひとひらの雪片の中に大千世界があり、全体で壮大な宇宙をつくっているのだが、小さいことも大きなことも実は同じなのである。それが華厳経的宇宙観なのだ。

世の中にかかはらぬ身と思へども暮るるは惜しきものにぞありける

世の中の出来事には関らない身だとは思うけれど、その日が暮れ、季節が移り変わることは、心残りにはなる。

社会の流れとはまったく別のところにいても、無常と離れていることはできない。諸行無常こそ釈迦の説いた真理であり、誰の上にも等しく流れて去っていくからである。もし世の中の変化になんら関係しない生き方をしたのだとしても、時の流れにまで関係しないというわけにはいかない。もしそうなったなら、不老不死の永遠の生命を得たということになる。そうならないのは、誰でもが諸行無常という真理の中に生きるしかないからである。

この流れの中に、生老病死がある。この無常こそがこの世を包む大きな流れであって、世の中の出来事など小さな流れに過ぎない。そのことを私は痛切に気づかされた体験がある。

私の母は現在病気療養中であるが、決して治ることのない病に倒れ、死が逃れられないということが現実となった時、私は悲しくて悲しくてたまらなかった。できたらその現実から逃れたいと、七転八倒した。そんな私の様子を見て、あるお坊さんがいった。

「無常とは闘うものではありません。受け入れるものです」

本当にその通りだと思った。真理と闘うことはできない。真理は誰をも差別《しゃべつ》することなく、一人も洩らさずみなを平等に包むのである。

この頃出雲崎にて（由之宛手紙）

たらちねの母がかたみと朝夕に佐渡の島べをうち見つるかも

佐渡で生まれた母の形見と思い、朝な夕なに佐渡の島影を眺めている。この歌は弟の由之《ゆうし》にあてた手紙である。手紙といっても、歌三首以外に何も書かれていない。他の二首は次のとおりだ。

往古《いにしへ》に変らぬものは荒磯海《ありそみ》と向ひに見ゆる佐渡の島なり

草の庵《いほ》に足さし伸《の》べて小山田《をやまだ》の蛙《かはず》の声を聞くがよろしも　二十二日　良寛

この手紙の意味は次のとおりだ。

昔から変わらないものは、この荒波が寄せくる海と、その向こうにある佐渡の島である。草庵で足を伸ばして山田の蛙の声を聞くのもよいものだ。どうか自分の草庵にいらっしゃい。

これらの歌と詞《ことば》は、苦境にある弟に呼びかけているのである。文化七（一八一〇）年、良寛五十三歳の時、出雲崎の名門である良寛の生家の名主橘屋は、出雲崎の百姓八十四人に訴えられて奉行所による裁定が下り、消滅した。当主の由之は家財取り上げ、所払いになった。まことに衝撃的な出来事だったのである。追放処分になった由之は、隣り町の石地《いしぢ》に身を隠した。その失意の弟のもとに良寛が贈ったのが、この歌だったのだ。

佐渡をごらん。あの島を母の形見と思って生きていこうよと、良寛は弟に語りかけている。良寛は現世のことをすべて弟にまかせてきた。そんな懺悔の気持ちが滲んでいる歌なのである。

地震にあひて

うちつけに死なば死なずて長《なが》らへてかかるうき目を見るがわびしさ

だしぬけに死ねたらよかったのに、生きながらえてしまい、このようにつらい目を見なければならないことがわびしい。

文政十一（一八二八）年十一月十二日午前八時頃、蒲原《かんばら》郡三条町に直下型大地震があった。マグニチュード六・九と推定されている。記録に残った概略ながら、越後国の被害は死傷者四千三百人、全壊家屋一万三千軒、半壊家屋九千三百軒、焼失家屋千二百軒である。これは大惨事だ。この時良寛は島崎村の木村家の離れを草庵としていた。七十一歳の老年を迎えていた良寛は、三条大地震は堕落した世に対する大地の怒りと感じていたようだ。長生きしたばかりに、こんな苦しいことまで体験しなければならなかったと嘆くのである。

良寛自身には自らの身体にも草庵にも何事もなく、親戚中死人もなく、被害はなかった。やや落ち着いてから、良寛は「臘八《ろうはち》」と日付を書いて二通の手紙を出している。臘八とは臘月八日で、釈尊が成道した十二月八日のことである。ことにこの日を選んで手紙を出したとも考えられる。山田杜皐《やまだとこう》あての手紙には、歌の次にこのような文章がある。

しかし災難に遭《あ》ふ時節には災難に遭ふがよく候《そうろう》。死ぬ時節には死ぬがよく候。

これはこれ、災難を逃るる妙法にて候。かしこ
貞心尼《ていしんに》が木村家の物置である草庵に訪ねてきた翌年のことであるが、良寛は己《おの》れの死期を感じていたと私には思える。良寛の老境がわかる手紙である。（46頁）

蓮《はちす》の露　師常に手毬をもてあそび玉ふとききて

これぞ此の仏の道に遊びつつつくやつきせぬ御のりなるらん　　貞心尼

御かへし

つきて見よひふみよいむなやここのとを十とをさめて又始まるを　師

貞心尼《ていしんに》が良寛を訪ねたのは、文政十（一八二七）年晩夏六月であったとされる。貞心尼は長岡藩士奥村五兵衛の次女で、俗名ますという。十七歳で医者と結婚するが五年後に離婚し、剃髪出家して福島村（長岡市）の閻魔堂《えんまどう》に庵居した。この時良寛は七十歳で、島崎村百姓代木村元右衛門利蔵方の裏庭の納屋を借りて住んでいた。老齢で寝たきりになった時にそなえての移住である。

貞心尼は手毬《てまり》上人の異名を持つ良寛に手毬をたずさえて会いにきたのだったが、良寛は留守であった。そこで手毬に歌を添えて残していった。貞心尼は三十歳（または二十九歳）であった。

「これこそが、仏の道に遊びながら、ついてもついても尽きない仏の教えを示す手毬なのですね。いつかお目にかかり、手毬による仏の教えをお説きください」

帰ってきた良寛は、さっそく返歌をした。

「どうぞ手毬をついてごらんなさい。一二三四五六七八九十と、十でおさめて、また一からくり返すことに、仏の教えが込められているのですよ」

一から十までくり返してまた一に戻っていくとは、生きとし生けるものの心が本性上まろやかで平等で、欠けたところがないということである。この円相は月〈智〉を象徴し、蓮台〈理〉とともに心の智慧を示す。良寛は捨てられようとする鍋蓋に「心月輪《しんがちりん》」と書いたが、これは鍋蓋を月に見立て、人の心の本性を表したのである。

いづこへも立ちてを行かん明日よりは烏《からす》てふ名を人のつくれば　師

貞心尼は師良寛との唱和連作をおさめた「はちすの露」を残した。この書物によって、良寛と貞心尼の心の交流がありありとしのばれるのである。和歌は良寛と貞心尼の唱和であるが、詞書は貞心尼の筆だ。

良寛は貞心尼と同じ時間を過ごして、どんなにか気持ちが安らかであったろうか。このことは、後世の多くの人が良寛をうらやましくも思うところである。本来無一物《ほんらいむいちぶつ》の厳しい弁道生活を送ってきた良寛にとっては、天の配剤とも見え、天恵とも感じられるところなのだ。本当によかったなあと、私は良寛のためにしみじみと嬉しく思うのである。

ある時、良寛が与板《よいた》にきていると、良寛の友人のもとから貞心尼に知らせてきたので、急いで参上した。良寛は明日はもう別のところにいくというので、里の人たちは別れを惜しみ、あれこれ話しかけては引きとめていた。その家とは山田杜皐宅である。良寛は山田家の人たちと心通わせて楽しく遊んでいたのだ。その時、山田家の夫人のおよしがいった。

「良寛さまは日焼けして肌が黒く、墨染の衣も黒いので、これからは烏《からす》と申しましょう」。良寛はからかわれたのだが、親しい人々に囲まれていたので上機嫌でいった。

「烏とは私にぴったりの名ですね」。にっこり笑いながら、和歌をつくった。

「明日からは、烏なのでどこにでも飛び立っていきましょう。烏というよい名をせっかくつけてくれたのですから」。

和歌の意味をいえばこのようで、ここで一同は大笑いをしたに違いない。

其の後は御心地さわやぎ玉はず、冬になりてはただ御庵にのみこもらせ給ひて、人々たいめ《対面》もむづかしとて、うちより戸ざしかためてものし給へる由、人の語りければ消息奉るとて

そのままになほたへしのべ今さらにしばしの夢をいとふなよ君　貞

と申し遣しければ、其の後給はりけること葉はなくて

梓弓《あずさゆみ》春になりなば草の庵をとくとひてましあひたきものを　師

天保元（一八三〇）年、七十三歳の良寛は激しい腹痛と下痢をともなう痢病《りびょう》のため、島崎草庵から動けなくなっていた。暗い夜は夜通し糞をたれ流し、昼は便所に走っても間に合わないという、惨憺たる有様であった。

弟子となった貞心尼は、師良寛に手紙を書き、重態との知らせを受け、急ぎ駆

けつけた。この和歌の詞書を現代語に直せば、「その後、お師匠さまは思うように御病気が回復なさらず、冬になるとただ御庵に籠られて人に会うことも拒否され、内側から戸を鎖《とざ》し固めてしまわれたと人の語るのを聞きましたので、お手紙を差し上げて」とある。貞心尼は細やかに気を遣い、まず手紙で和歌を贈ったのである。その意味はこうである。

どうかそのまま御病気に耐えてください。残された生ある間のわずかな夢を、いとわないでください、お師匠さま

こうして貞心尼はていねいな言葉と歌を贈ったのだが、良寛よりの言葉はなくて、良寛から歌が返されてきた。「梓弓《あずさゆみ》」は「春」の枕詞である。

春になったら、あなたは草の庵を出て、私のところにきてください。早く会いたいものだなあ

良寛の心はあまりに素直である。若い尼弟子の貞心尼に対して、恋愛感情さえも感じられる。それも純愛である。村の子供たちと毬つきをし、隠れんぼをしたことと、どこかつながっている。最晩年の良寛にとって、心の清らかな貞心尼との出会いには、人生の救いという趣きがある。

［第五章］……………俳句

酔臥《よひぶし》の宿《やどり》はここか蓮の花

酒に酔って眠ってしまった人が泊まったところは、ここであろうか。この蓮の花が咲いているところだ。

酒に酔いつぶれたのは、良寛自身のことなのであろう。良寛の酒好きはよく知られている。解良栄重「良寛禅師奇話」には次のように書かれている。

良寛はつねに酒を好んだ。そうではあったが、量を過ぎて酔い潰れるということはなかった。また誰彼かまわずに、銭を出し合って割勘《わりかん》で酒を買って飲むことが好きだった。

「あなたが一杯、次にわしも一杯」。このように盃の数も同じくして、誰が得をしたり損をしたりということはなかった。

この句は父以南の次の句を基にしたものである。

酔臥の宿はここぞ水芙蓉

芙蓉とは蓮の花の別称で、美人のたとえである。酔って醒めたら水の上に芙蓉の花が咲いていたという、すっきりとした句に仕上がっている。「水」がきいている。「蓮の花」とすると、紅色の花が思い浮かび、酔って赤くした顔が連想される。ここに良寛の父に対するひけめのような感情を読み取ることができると、私は思う。良寛は家を捨て、父母を捨てて、出家をした。以南の代から橘屋の家運は傾き、良寛の弟由之の代になって、大庄屋橘屋は廃絶されて出雲崎を追われる。父は家督を由之にゆずり、上洛して入水自死をとげる。そんな父に対して、良寛は生涯懺悔の気持ちを持ちつづけ、乞食僧《こつじき》として故郷に帰ったのもその懺悔行であった。

梅が香の朝日に匂へ夕桜

薄暮の中に満開の花をつけた桜の木が立っている。まことに晴れやかな光景である。しかし、桜花《さくらばな》には香りがない。できることなら朝日を受けて匂い立つ梅の花のように、桜花も姿や形にとらわれずに咲いてほしいものである。

道元やその師如浄は、ことのほか梅花を好んだ。『正法眼蔵』「梅花」の巻には、師如浄が上堂して衆に示してこういったことが記されている。

瞿雲《くどん》 眼睛打失《がんせいだしつ》する時
雪裏《せつり》の梅花只《ただ》一枝なり

而今到処《しきんとうしょ》に荊棘《けいきょく》を成す
却《かえ》つて春風《しゅんぷう》の繚乱《りょうらん》と吹くを笑《わら》ふ

釈迦如来が何ものをも見通す目を閉じる時
雪の中に梅の花がただ一枝咲いていているのを見る
今いたるところに乱れ繁って困難な状態にある雪の中の梅花は
かえって春風に吹かれ笑って繚乱と咲いている

雪の中に咲くたった一枝の梅花とは、仏性《ぶっしょう》である。仏性がたった一つの芯を開かせ、世界を起こす。この仏性はそのへんいたるところにある。

師は大衆に向かって語りかけた。

「今こそお前たちは、人界ばかりでなく天界にわたるさとりを開く絶好の機会である。お前たちばかりでなく、この梅花によって雲も雨も風も水も、および草木も昆虫にいたるまで、利益をこうむらないということはない」

そのような梅花である。この仏性によって雲も風も水も宇宙も、山川草木も、自由自在に操ることができる。

晩年の良寛

六十歳を迎えようとするころ、良寛は五合庵からやや下った乙子神社脇の草庵へと移ります。良寛の歌には「万葉集」の影響が強いと言われますが、このころには「万葉集」の写本を解良叔門《けらしゅくもん》などから借り受け、筆写していたようです。この庵には十年余り住みました。六十九歳のころ、良寛は老いのため山を離れることを決意し、庇護者で、島崎村の庄屋・木村元右衛門の邸内に移住します。貞心尼が良寛を慕って木村家を訪れたのは、良寛が七十歳のころです。七十四歳で亡くなるまでここで過ごしました。木村家は現在も残っており、現当主・元蔵氏が良寛の遺墨を守っています。

蘇迷盧の音信《おとづれ》告げよ夜の雁《かり》

蘇迷盧の山とは仏教世界の中心にそびえ立つ須弥山《しゅみせん》のことである。父上はこの須弥山におられるはずだが、常世《とこよ》の国の使いである夜鳴いて空を渡る雁よ、どうか父上のことを知らせてくれまいか。

良寛の父以南は、出雲崎名主 橘《たちばな》屋の家督を守っていたが、新興の台頭もあり、また自身が俳句に打ち込んで家業に身をいれなかったこともあって、家運はどんどん傾いていた。以南は世間的に見れば俳句に身を持ち崩した人物であった。本名は橘新左衛門、以南は俳号である。玉島にあって修行三昧の良寛にとって、父の自死は衝撃的な出来事であったろう。何が起こったのかわからず、ただ故郷を離れていわば自分の道だけを歩んでいた良寛にとっては、自分の思想性を試されるような事件であったはずである。この時良寛は三十八歳で、十八歳で故郷を出奔したのなら二十年がたっているのだ。二十年で何もかもかもが変わるのである。

天真仏《てんしんぶつ》の仰《おほ》せにより　以南を桂川の流に捨つる

辞世の歌（82頁）の前に以南はこう詞《ことば》をつける。天真仏とは、自然ありのままを仏として人格化したのである。天真仏の仰せにしたがって、この身を捨身するということだ。天真仏の大いなる懐の中に入っていく標《しるし》に、須弥山を立てておく。

父の死は良寛にはことに衝撃であった。この時良寛は師国仙和尚からすでに印可《いんか》の偈《げ》を与えられ、玉島の円通寺にあった。良寛は父に対して懺悔《ざんげ》の気持ちを強くし、愚僧、痴僧の姿をして、すでに破家散宅した故郷に身一つで帰る決意をするのである。（121頁）

盗人《ぬすびと》に取り残されし窓の月

五合庵に盗人がはいったのだが、盗む価値のあるようなものはない。それでも盗人は盗っていった。これからあの盗人はどうやって生きていくのだろうかと案じられ、窓の外を見ると、取り忘れられた月が皓々と輝いていることよ。

何も所有しない無一物の良寛から何かを盗ろうとして押し入る、困窮した人もあるのだ。しかも盗るものがないのに盗っていった。まことにユーモアあふれる句である。

盗人との交渉は、良寛の人間味が伝えられて楽しい。この句は解良栄重「良寛禅師奇話」に出てくる。原文を引用しよう。

盗あり。国上の草庵に入る。物の盗み去るべきなし。師の臥褥《がじよく》をひきて、密《ひそ》かに奪わんとす。師寐《ね》て不知《しらざる》ものの如くし、自ら身を転じ、其のひくにまかせ盗み去らしむ。

泥棒が良寛の寝ている蒲団を盗もうとした。良寛は寝たふりをし、知らないふりをして寝返りを打ち、蒲団を盗りやすいようにして盗ませた。

良寛とすれば、もっと貧しい人に布施《ふせ》をしたのである。良寛はこのために風邪をひいたという。口伝では、乙子《おとご》神社の草庵に佇んでいた時に、盗人がはいったという。しかし、草庵の中には盗むべきものがまったくない。盗人が帰ろうとすると、良寛は自分が着ていた綿入れを脱いで持っていかせたということだ。

良寛の無所有は徹底していた。このひとつひとつのエピソードに、良寛の人間性と思想性とが詰まっているのである。

雨の降る日はあはれなり良寛坊

雨の降る日は托鉢に出られず、食べるものが得られない。乞食僧良寛坊はまことにあわれなことになる。

西郡久吾《にしごおりきゅうご》『北越偉人沙門良寛全伝』に書いてあることである。良寛のすぐ下の妹のむらは、三島郡寺泊町の外山文左衛門に嫁いでいた。回船問屋で酒造業を営み、町年寄や大庄屋を務めていた。良寛には食べるものや着物をたびたび贈っていた。この文左衛門は日頃から良寛の墨蹟を求めていたのだが、なかなかかなえられなかった。ある雨の日に良寛が外山家を訪ねると、文左衛門は座敷に通し、厚くもてなした。今日は雨が降っているので托鉢にも出られないだろうと考えた文左衛門は、良寛を閉じ込めるため、雨戸をすべて鎖してしまった。そして、筆と墨と白扇一箱を差し出し、書を依頼したのであった。「書かなければ外には出しません」。こういわれて困った良寛は、仕方なく筆をとり、一箱の白扇にみな同じ言葉を書いた。それがこの句である。

この扇面は今も残っているという。良寛は困ったふりをして、楽しんでいるようである。多くの人が良寛の墨蹟を欲しがったようである。当然のことである。解良栄重「良寛禅師奇話」には、書を頼まれてもめったに書かず、こういって逃げていたという。「手習いして手がよくなりて後書かん」。

一方興に乗ると、一度に何枚も書いた。筆硯や紙墨は上等でも粗末でも区別をしなかった。自作の詩歌を暗記して書いた。そのため脱字があったり、同じ作でも少しずつ違ったところがあって、一定していない（128頁）。

焚《た》くほどは風がもて来る落ち葉かな

庵で煮炊きをする落葉は、いつでも風が運んでくれる。この天然自然にまかせた暮らしで満足しているのだから、それ以上欲しがってもなんになるだろう。

ある時良寛が国上山の五合庵に戻ろうとすると、途中の道に村人が出て道普請をしているし、五合庵のまわりの草刈りをしている。これでは虫の声も聞くことができないではないかと、良寛は驚いた。村人に尋ねると、長岡藩主牧野忠精《ただきよ》が良寛に会いにやってくるという。国上村は村上藩の飛び地であったが、他領ではいるぐらいはよかったのであろうか。やがて五合庵に現れた藩主は、良寛を長岡城下の大寺の住持和尚に招きたいというのであった。良寛の学識と清冽な弁道生活が、人々にはよく知られていたのだろう。もちろん良寛には、世間の栄達への誘いなど迷惑なことに過ぎなかったろう。良寛はこの句を藩主に黙って見せた。藩主は良寛の心を知り、黙礼して去っていったという。

以上は口伝であるが、良寛のエピソードをよく伝えている。良寛とほとんど同時代の小林一茶に次の句がある。

焚くだけは風がくれたる落葉かな

良寛と一茶と何らかの形で情報の交換があったとも思えないから、偶然の一致と私は考える。遠く隔たった二人の思想が、深いところで結びついていたのであろう。「風がもて来る」は天然自然に身をゆだねている趣がある。一方、「風がくれたる」は自然の下に存在する人間という感覚である。

手拭で年をかくすやぼんをどり

手拭《てぬぐい》で頬かぶりをして年を隠せば、老いていることも、男であることも、出家の身であることも忘れる。盆踊りの輪の中にはいって踊りを楽しもう。

解良栄重「良寛禅師奇話」によれば、盂蘭盆《うらぼん》の季節になれば、村人たちは夜通し踊り明かした。まるで我を忘れたかのようであった。良寛もこれを楽しんだ。手拭で頭を包み、婦人の姿をして、村人とともに踊った。ある男が和尚だと見破り、傍らに立ってささやいた。

「この娘の品のいいことよ。どこの家の娘だろう」。

良寛はこれを聞いて大いに喜び、人に誇っていった。

「わしを見て、何処の家の娘かと聞いたぞ」。

情景が目に浮かぶようである。世間から見れば奇行をなす良寛を、みんな愛していたのだ。多少教養のある人は弁道の道を歩く峻厳な僧として尊敬し、庶民はおもしろい和尚として一目置いていた。良寛とすれば、いくら暗がりにまぎれていたのだとしても、手拭をかぶったぐらいで娘に見えるとは思えなかったろう。だから男が寄ってきて娘と間違えたのが本気かどうかぐらいわかっていたはずだ。それらすべてのことをわかっていて、自我を消し、その場に溶け込んでいた。凡俗の僧なら、娘と間違えたふりをして寄ってくる男に、怒りを示すかもしれない。良寛は地位も身分も捨て、自分はこういうものだという我も捨てたのである。本当の自分など邪魔なだけである。

こんな良寛を人々がおもしろおかしく伝えていることが、おもしろい。

さわぐ子のとる知慧《ちえ》はなしはつほたる

今年はじめて現れたほたるを、子供たちが集まってとらえようとしている。その中でもひときわ大声を上げて騒いでいる子は、ほたるをとらえる知慧をまだ持っていないようである。

一般の常識からいえば、ほたるをとらえる知慧があったほうがよいということになる。しかし、ほたるを自然のままに泳がせておくのも、知慧である。

さわぐ子は集中力がなくて否定的にとらえがちだが、ほたるをとるということに気持ちを集中させているわけではなく、天真仏のように自然そのままにあるということになる。自然に身をゆだね、ほたるをとるという我欲にとらわれない境地こそ、良寛の境地であるといえる。良寛が子供と手毬をついて遊んでいたことは、よく知られている。手毬は単純な動作のくり返しである。ついて何かをつくりだすという行為ではない。この我を越えたことこそが、我を捨てた果ての永遠の世界である。もちろん難しいことを語るでもなく、無我のうちに仏の真理を実現している。しかも、実現していることを知るでもなく、まして誇るでもなく、ただただ実現しているのである。それこそが仏のさとりである。

もちろん難しい理屈をいってもしようがない。そのことを意識するでもなく、無意識のうちに実現してしまうことこそ、尊いのではないだろうか。

子供の無我を実現しようとしたのが、良寛の日頃の修行であったのだ。せっかく生きているほたるを、いくら美しいからといってとらえて自分のものにしてはいけないと、良寛は語っているのだ。

うらを見せおもてを見せて散るもみぢ

紅葉は裏を見せ表を見せながら散っていく。裏だけを見せて生きていくことのできる人生はない。喜びと悲しみ、美と醜、よき事と悪き事、強気と弱気、様々な要素によって織りなされているのだ。

良寛は天保二（一八三二）年正月六日七十四歳で僊化《せんか》するのだが、その前年の師走《しわす》、貞心尼は良寛と最期の唱和をする。二人の魂の共振が美しい。ややあってこうつづく。

いついつと待ちにし人は来たりけり今は相見て何か思はむ　師（良寛）

いつくるかいつくるかと待っていた人が、とうとうやってきました。今はこうして逢うことが出来て、何も思い残すことはありません

むさし野の草場の露の永《なが》らへて永らへ果《は》つる身にしあらねば　師（良寛）
人の命は草の露のようにはかないものです。いつまでも生き永らえる身ではありませんから

かかれば、昼夜御傍《ひるよるかたは》らにありて、御有様《ありさま》見奉りぬるに、ただ日にそひて弱りに弱り行き給ひぬれば、いかんせん、とてもかくても、遠からず隠れさせ給ふらめと思ふに、いと悲しくて、
生き死にの境《さかひ》離れて住む身にも避《さ》らぬ別れのあるぞ悲しき　貞心

生き死にの境界から離れて生きている出家者の身に、どうしても避けられない別離があるのが悲しい

この後に「裏を見せ」の句がくる。これは良寛辞世の句といってよいであろう。

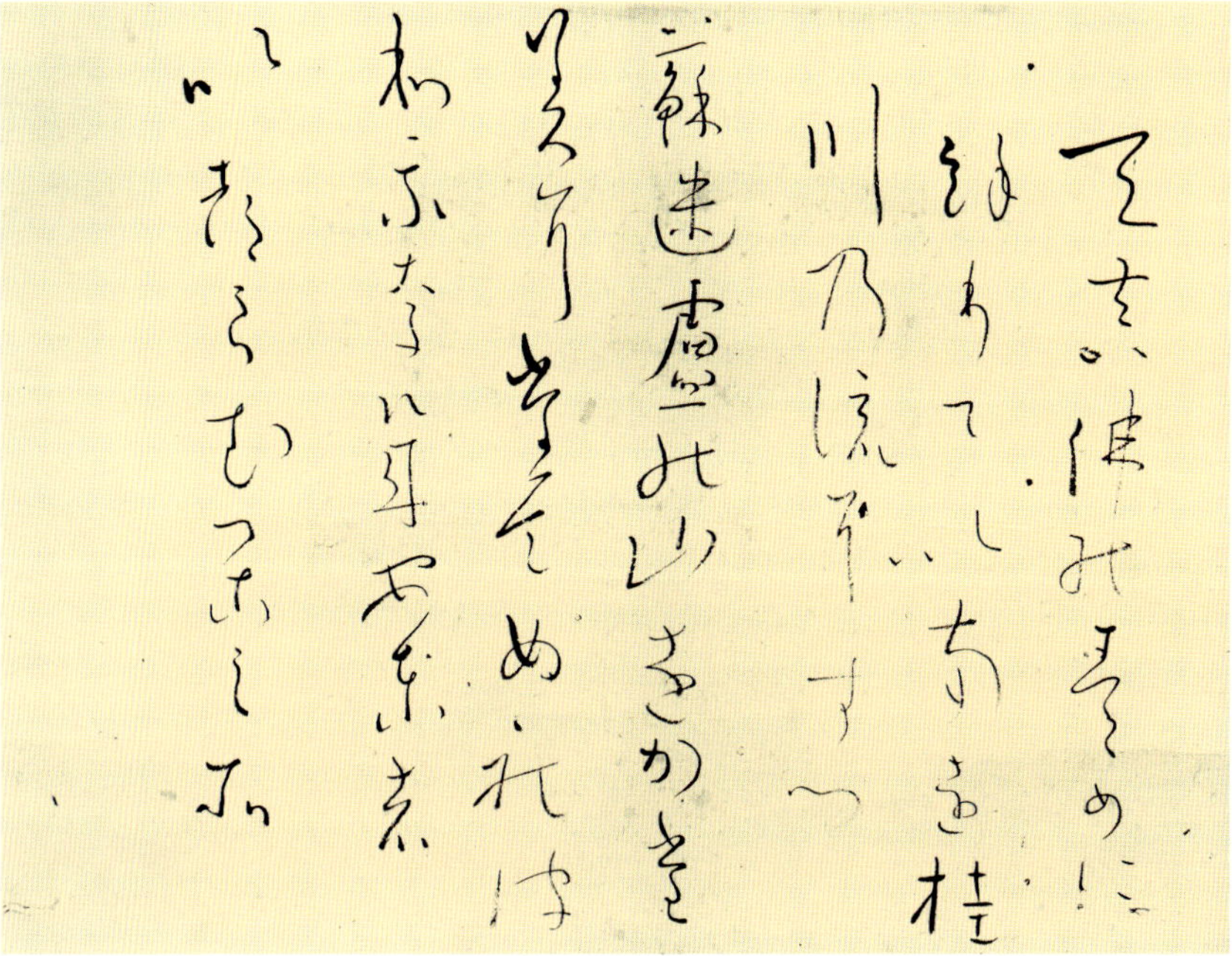

天真佛の《能》す《春》ゝめに
よ《餘》り《利》て以南を《遠》桂
川の《乃》流に《耳》すつ《川》
蘇迷盧《そめいろ》の《能》山を《遠》かた《堂》
み《美》に《耳》た《堂》て《天》ぬれ《礼》ば《波》
わ《和》が《我》な《奈》き《幾》あ《安》と《東》は《者》
い《以》づ《都》ら《良》むか《閑》し《之》ぞ《所》

（以南辞世歌・82 106頁）

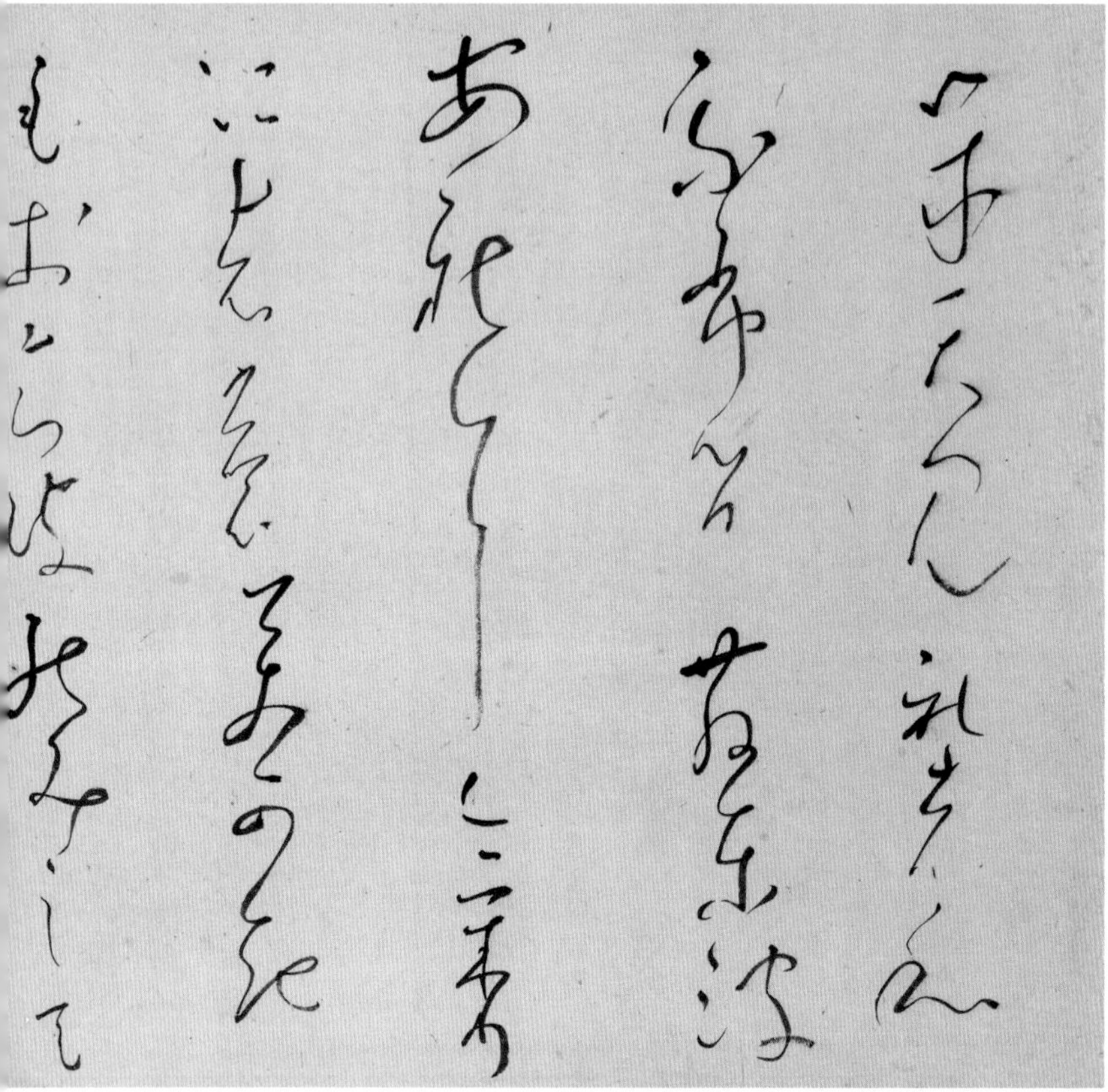

き《幾》て《天》見れ《礼》ば《者》わ《和》
が《我》ふ《布》る《留》さ《散》と《東》は《波》
あ《安》れ《礼》に《耳》け《氣》り《利》
に《仁》は《者》も《裳》ま《萬》が《可》き《起》
も《毛》おち《知》ば《波》の《能》みし《之》て

（82頁）

こそみゆれふ本の
こうみ月をミえん
故郷もみえぬ木のみ
か禮をちくこ東
をそぬ心ぞひちぬのえ

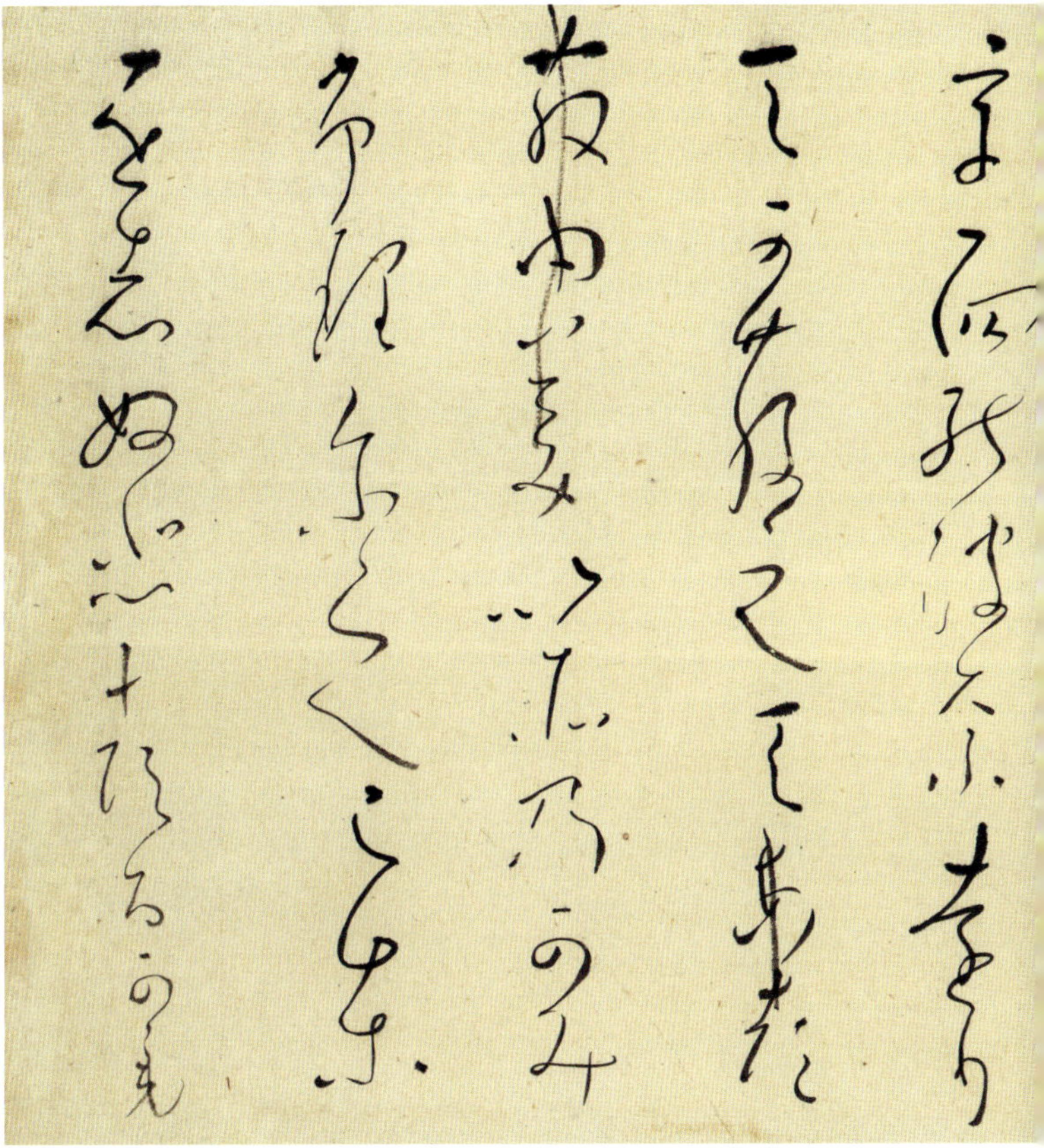

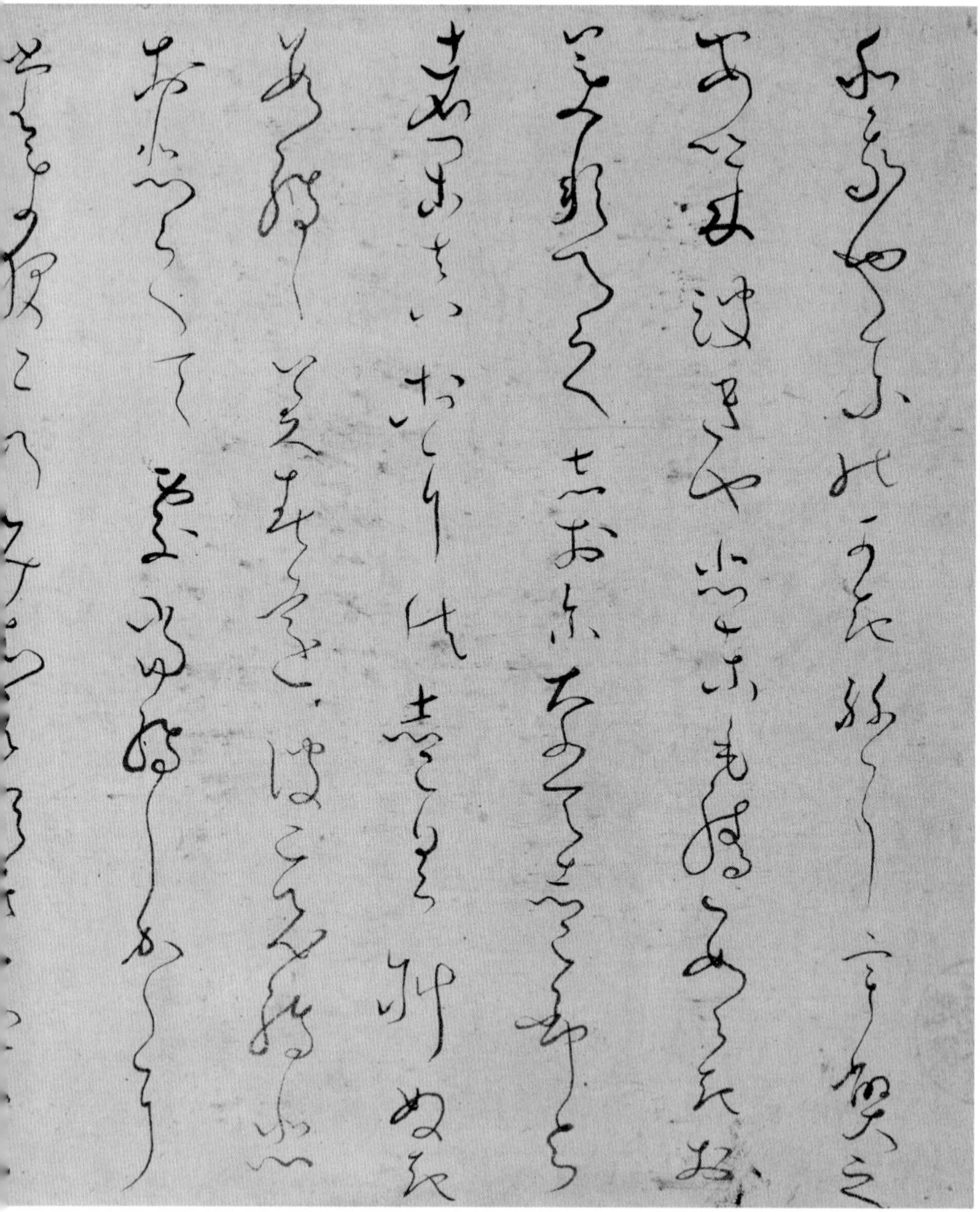

和歌巻「わがやど」巻首

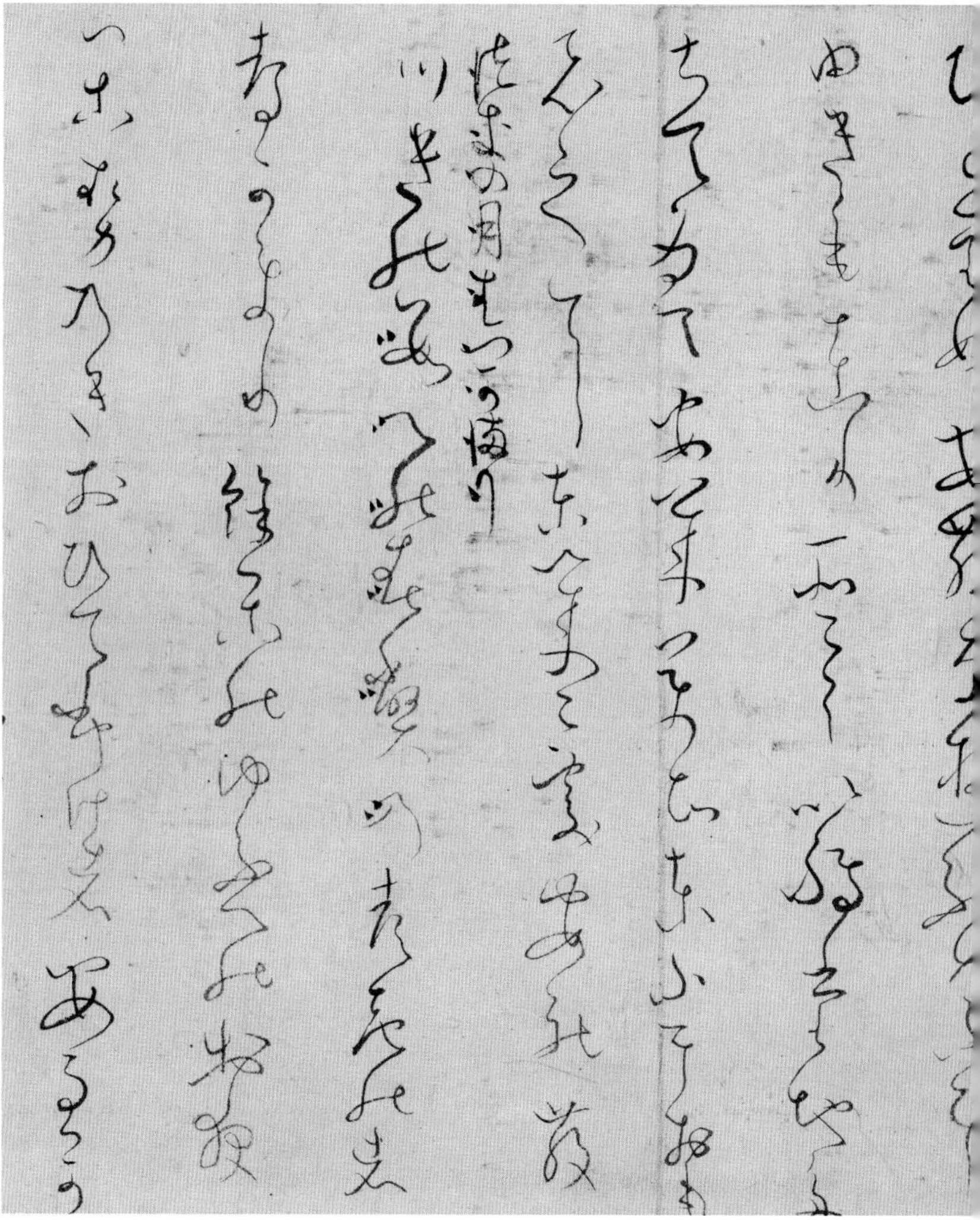

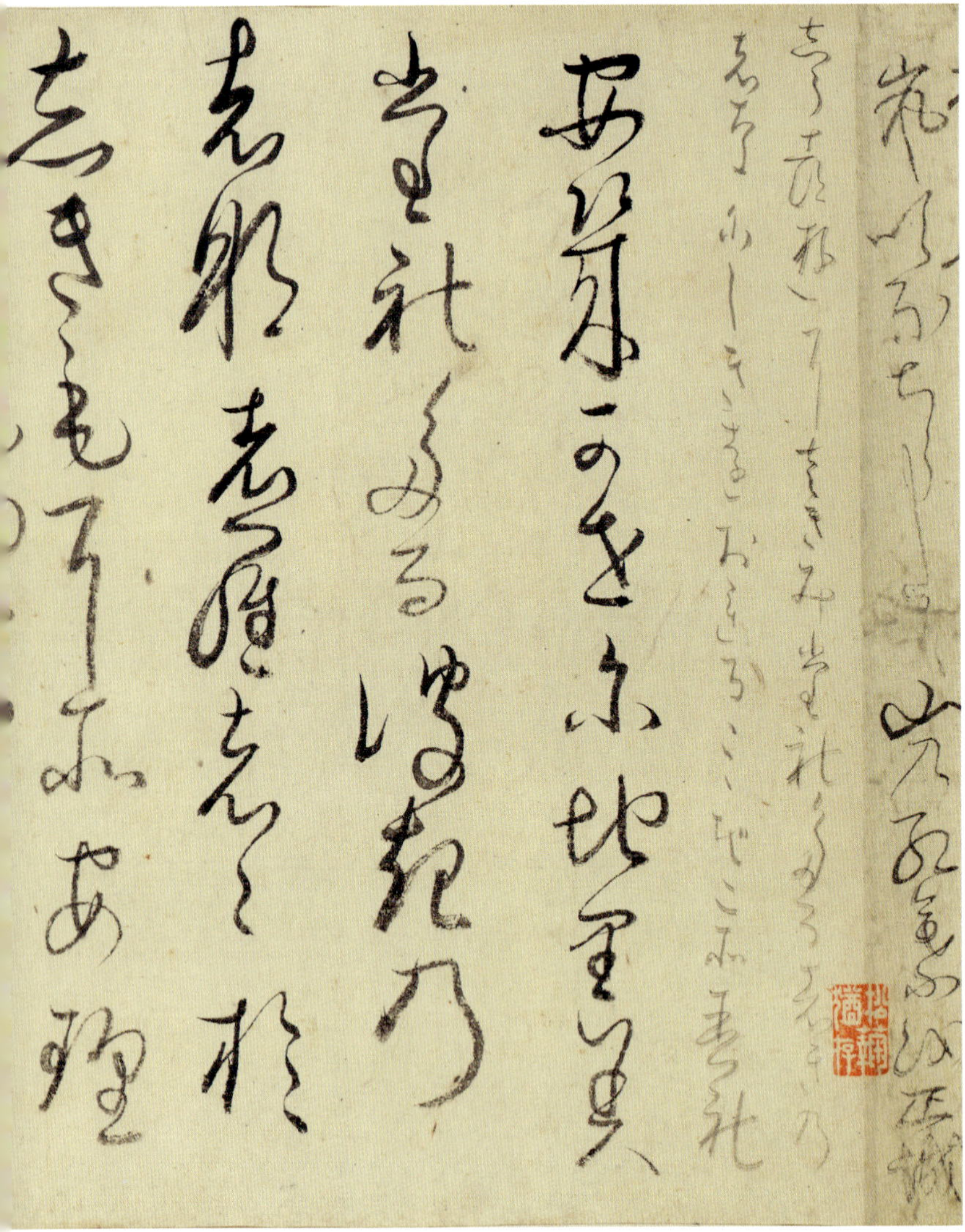

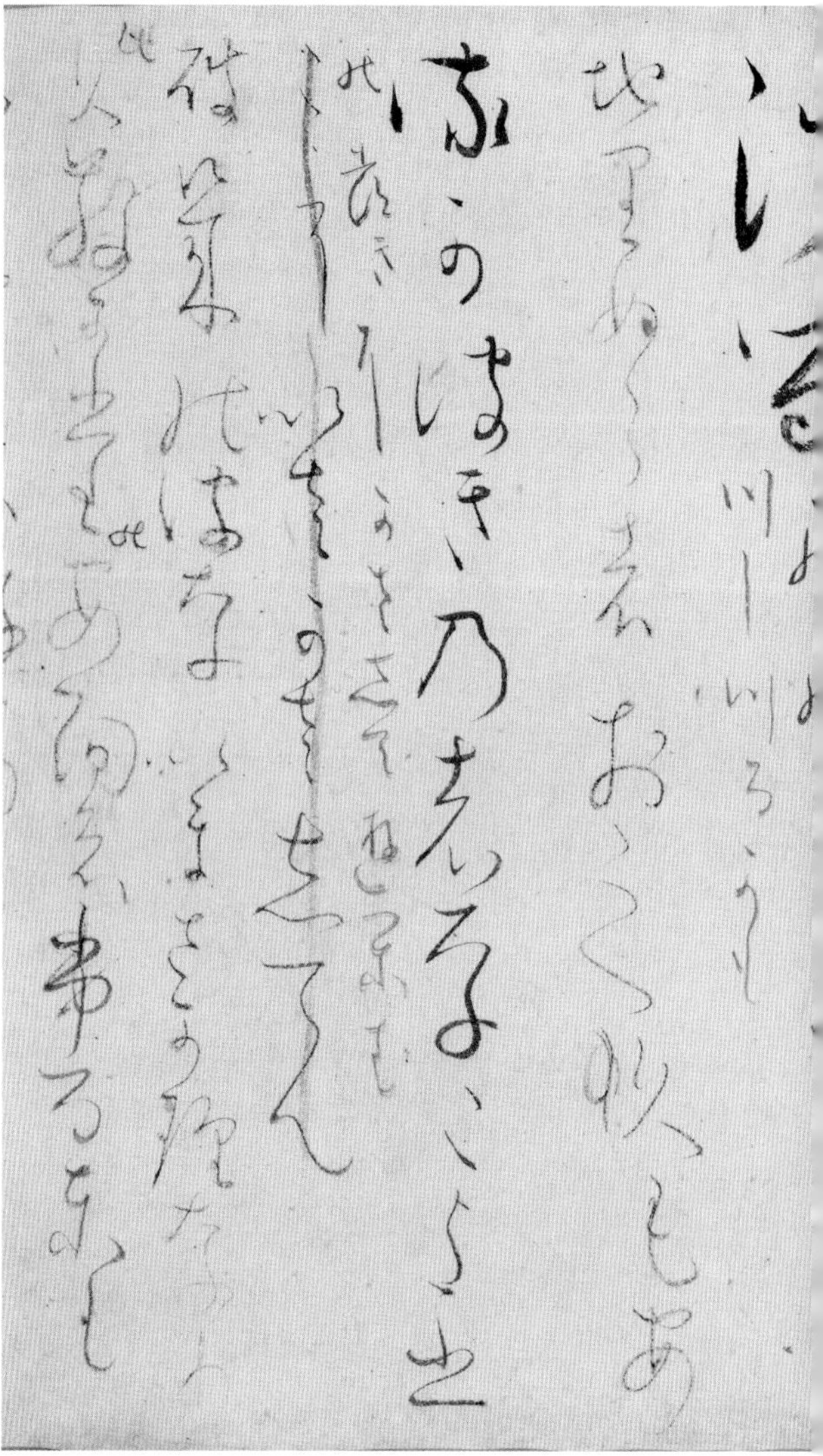

ち《地》り《里》ぬらば《者》おし《之》く《久》もあ《安》
る《流》か《可》は《波》ぎの《乃》は《者》な《奈》こよ《与》ひ《悲》
の《能》つ《都》きに《耳》か《可》さし《志》て《天》ゆ《遊》か《閑》む（76頁）

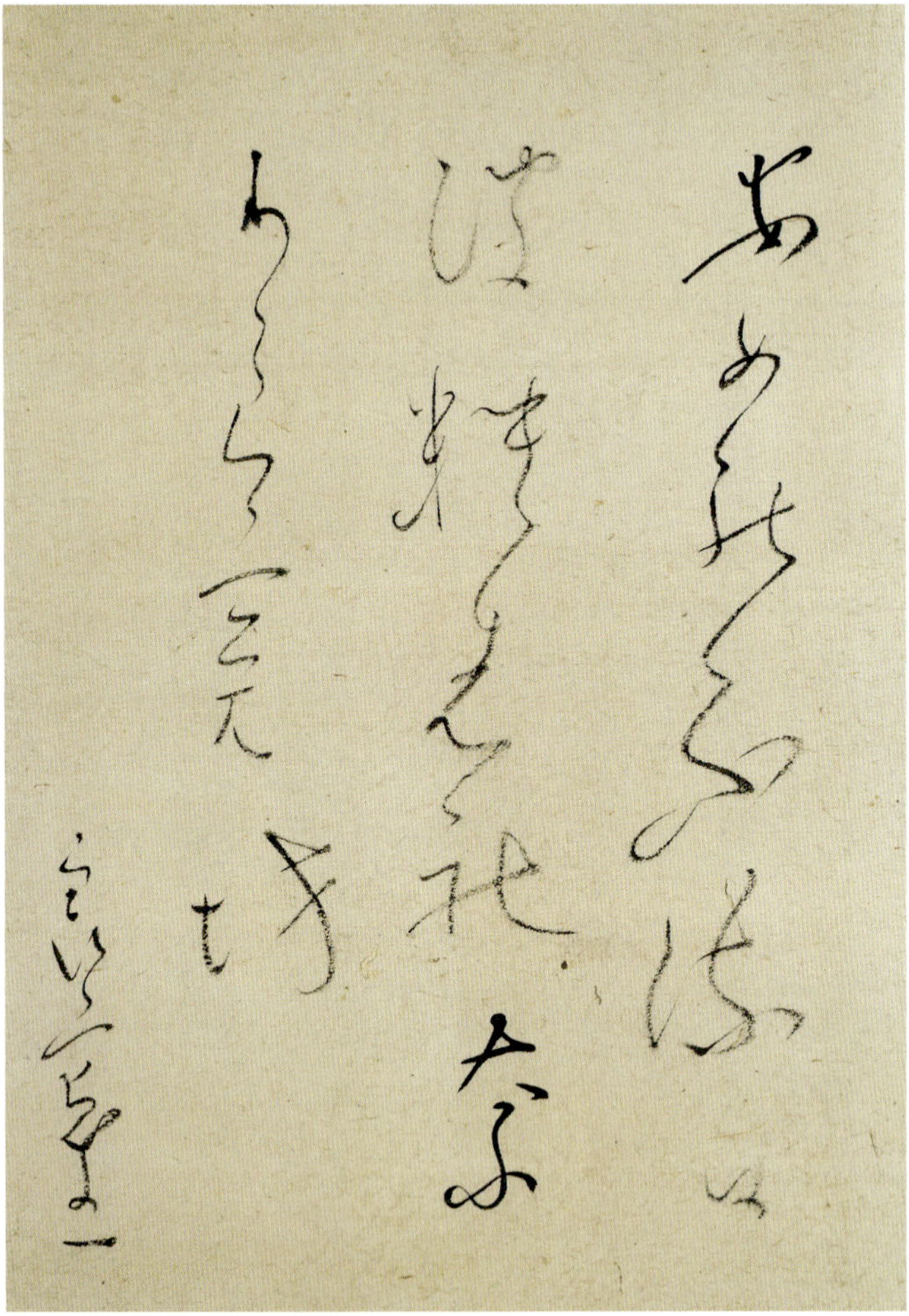

あ《安》めの《能》ふる《流》日
は《波》あ《鞅》は《者》れ《礼》な《奈》
り《利》良寛坊

良寛書
（110頁）

魂を吸われる　―良寛の書―

なんと自在な筆の運びであろうか。筆を打つところは力強く、そこから流麗に走り、抑制を限りなく控えてあくまでも自由であり、しかも終わりに力むでもなく軽ろやかに筆を打ちつけて一字を描く。全体に醸《かも》し出される情感は豊潤ではあるのだが、情に流れているというのではない。太いところと細いところと変化が少なく、強弱をつけるというより、飄々《ひょうひょう》として自在に筆を運んでいく。

良寛の書を前にして、魂を吸われるような気持ちになった人は多いだろう。独特の境地である。書を書として完成させようとする意志というより修行の果ての人格の中から、さらさらと文字が流れだしたという具合だ。形ばかり真似をしても、このような自在の境地に至れるわけではない。

豪華な造本に仕上げてある良寛維宝堂編『木村家伝来　良寛墨宝』（二玄社）のページをくりながら、溜息がでた。筆の運びの強弱、墨の濃淡、かすれ、踏みとどまるように筆を押さえた肚の底に響くような力点と、まるで良寛の息継ぎの気配までが聞こえそうである。印刷の技術がここまできたのかと、私は改めて感心した。

老境にしてこれだけの芳香を放つ書をものにする良寛その人に、ますます興味を覚えさせる一書である。六十九歳から七十四歳まで、良寛は豪農の木村家に身を寄せた。七十四歳になって六日間しか生きなかったから、実質的には四年間である。木村家は新潟県三島郡和島村大字島崎にあり、幕末から明治時代はじめの戊辰《ぼしん》戦争で全焼したが、良寛の遺墨をおさめた土蔵だけは焼けなかったという。書名にあるとおり、本書はその土蔵の中に残った良寛の書を集めている。

良寛の最晩年の書ということになる。ここには若さというものはないかわりに、老境の書境がまるで魂が宿るようにして存在している。老境とはこんなにも美しいものであったのかと、改めて感じ入るのである。絵画や彫刻にしろ、また文学にしろ、老境の中に生命の息吹をますます発揮するのは、至難のことであろう。若さを完全に失いきらず、かつ技術の完成をみる壮年期が多くの場合絶頂期とされるのだが、良寛の書は一般の通説を寄せつけない。書に神通力が通っているようにも感じる。かつて誰も到達しなかった境地を感じさせてくれる摩訶不思議な力を、良寛の書は味わわせてくれるのである。

『木村家伝来　良寛墨宝』の解説の加藤僖一氏「良寛と木村家」によれば、良寛は四十七歳で国上寺の五合庵に住みはじめ、六十歳の時に乙子神社草庵に移った。

この二つの庵は国上山中にあり、二十年以上も隠遁《いんとん》生活を送った。子供とまりつきをして無心で遊ぶ「良寛さん」のイメージは、すべてを放下《ほうげ》して生きてきた僧の姿である。私たち現代人は、一枚一枚捨てて捨てて捨ててきたあげくに何かを掴んだ良寛の生き方に、深く魅せられる。良寛の掴んだものは何かということが、現代を生きる私たちには重要なテーマであろう。

そのような放下の生活をした良寛のイメージをつくるにあたって、良寛の書の果たした力は決して少なくない。良寛が孤高の境地にいたことは、漢詩と和歌とこの書が示しているのだ。

六十九歳は当時とすればかなりの高齢である。標高三百十三メートルの国上山の中腹の庵での暮らしは、自分で水を汲み薪をとり、下の村にいって托鉢で食を得るという苛酷な生活である。隠遁の独居生活も、体力があってはじめて可能だ。

そこで人のすすめで、島崎百姓代の木村家に移ってきた。はじめは母屋に住むようにと木村家では取りはからったとのことであるが、良寛はこれを固辞し、裏庭の納屋に住んだ。生涯の草庵暮らしを貫いたのである。

木村家の納屋暮らしをはじめた良寛には、よいことがあった。貞心尼がその草庵に訪ねてきたのである。諸説はあるのだが、加藤僖一氏によれば、良寛六十九歳、貞心尼はそこまでの人生に辛酸を味わってきたものの、二十九歳であった。良寛は七十四歳で息を引き取るまで、貞心尼と歌を交わす。まさに老境の純愛であり、この二人の物語に心を揺すぶられる人も多いだろう。

「あれは見え見えよ。三十前の女が行けば、いくら良寛さんだってころっとまいるわよ。貞心尼は計算づくで良寛さんに近づいたのよ」

余談なのであるが、新潟出身のある女流と良寛について雑談をしていると、こんな風にいわれて私はびっくりした。これが今風の解釈なのだとしたら、夢がない。誰もわからないことなのだから、ここまでリアリズムの解釈をしなくてもよいだろうと私は思った。反論しようにもできないのではあるが……。

貞心尼も女性らしい美しい文章と字体で「蓮《はちす》の露」という書物を残している。貞心尼の文字そのままの復刻版が最近出版され、私も一冊持っていて時々読む。そこからはかの女流のようなリアリズムの解釈は、露ほども出てこない。

さて本書には、良寛の霊前に捧げた貞心尼の和歌もでてくる。

たちそひていましもさらに恋しきはしるしの石に残る面影

「しるしの石」とは、良寛の墓石であろうか。私も先日寒い時節に良寛の墓参りをしてきたが、石を思い浮かべたしだいである。

書を見るかぎり、良寛は威儀の正しい人であったと思う。威儀即仏法というとおり、立居振舞いに仏道修行の度合いが現れる。この書をしみじみと見ていると、良寛はこの上ないさとりの境地に達した、日本でも指折り数えられる修行僧であると、私には感じられるのだ。

後記

良寛は自分の生涯を整理して語ったことはない。また人々を集めて説法したこともない。ただ鉢を持って人々の間をまわり、無所有の生き方でもって無言のうちに教化をしつづけた。教化というより、感化《かんか》といったほうがよいかとも思う。それは教えてやるという押しつけがましい態度ではなく、人々と同じように生き、俗塵の中で道とは何かを示してきたのである。僧としての輝きは、生まれて二百五十年近くたっても、なんら失われることはなく、ますます輝きつづけるといった具合である。

良寛が自分のことを語ったのは、諸家に残されている数多くの墨蹟として書かれた詩歌によってである。高貴にして才能あふれる墨蹟が多くの人に珍重されてきたため、良寛のその時々の思いや事跡などが、はからずも今日に伝えられることになった。四季の変化や、草庵での暮らしぶり、その時々に何を思い何を感じたかなどが、格調ある書として残されることになったのである。自伝ではないので生涯を空白なく連続して書き残すというわけにはいかないにせよ、内面が深く表現されているため、良寛の人となりの魅力が際立つのだ。

良寛は、和歌をはじめとし、長歌、俳句、漢詩を自在にものにした。備中国玉島円通寺での峻厳なる禅修行とともに、詩歌を自由自在に使いこなし、書を極めたのは、そもそもの教養が深かったからである。出雲崎の町名主橘屋山本家は、左大臣橘諸兄《もろえ》を家祖とあおぐ。いつはじまったのかもわからない名家である。父新左衛門は以南《いなん》の俳号を持ち、国学、和歌、俳諧、書画にすぐれ、良寛の弟由之も同じ血をひいている。良寛の素養は、この血筋が根本にあったのである。

また良寛は出家前に、大森子陽《しょう》の漢学塾三峰館《さんぽうかん》で『論語』の四書五経や『唐詩選』などの漢詩文を学んだ。また当時の知識人である僧にとって、漢詩、和歌、茶などは必ず身につけていなければならない教養であった。

それにしても良寛を取り囲く人々の教養の深さは、今日では想像することも困難である。良寛の庇護者たちは、阿部定珍《さだよし》にせよ、原田鵲斎《じゃくさい》にせよ、また解良叔問《けらしゅくもん》にせよ、良寛を師に招き自ら五合庵にいき、雅趣に富む詩歌を詠み交わしている。また弟由之《ゆうし》とは、由之が木村家邸内に仮寓していた良寛のもとを訪れ、「良寛・由之兄弟和歌集」を残した。父以南は俳諧師としては指導的な立場にあった。弟子貞心尼にしても同様である。

彼らの詩歌が良寛のものより著しく劣っているというのではない。むしろ拮抗して良寛の作品と緊張関係を保っている。この彼らによって、良寛は精神的に、また物質的にも大いに助けられたのだ。

良寛のいた越後国蒲原郡のあたりは、いわば日本の片田舎と言ってもよいところである。その農村地帯で、名主の階級の人々は大変な教養を持っていたということに、改めて私は驚くのである。

彼らが乞食僧であった良寛を発見し、彼ら自身がお互いの人生を大いに楽しんで、良寛の存在を後世に伝えたのである。

詩歌は自己の魂の奥底から湧き上がった言葉であるから、今もエネルギーを失わず生き生きと躍動していて、だから美しいのである。その美しさは永遠であるに違いない。


（二〇一〇年一月）

立松和平

本名横松和夫。作家。1947年栃木県生まれ。早稲田大学政治経済学部卒業。在学中に『自転車』で早稲田文学新人賞。卒業後、種々の職業を経験、1979年から文筆活動に専念する。1980年『遠雷』で野間文芸新人賞、1993年『卵洗い』で坪田譲治文学賞、1997年『毒—風聞・田中正造』で毎日出版文化賞。2002年歌舞伎座上演「道元の月」の台本を手がけ、第31回大谷竹次郎賞受賞。2007年『道元禅師』で第35回泉鏡花文学賞受賞、第5回親鸞賞受賞。著書多数。自然環境保護問題にも積極的に取り組む。2010年2月8日逝去。本書が遺作の一つとなった。

良寛の和歌の表記・訳文に関しては、東郷豊治編著『良寛全集』（東京創元社）、吉野秀雄校註『良寛歌集』（平凡社）、生涯については谷川敏朗『良寛の生涯と逸話』（恒文社）などを参考にした。良寛の書については良寛維宝堂編『木村家伝来良寛墨宝』、加藤僖一編『重要文化財阿部家伝来良寛墨宝』（いずれも二玄社）を参照されたい。

立松《たてまつ》和平《わへい》が読《よ》む 良寛《りょうかん》さんの和歌《わか》・俳句《はいく》

2010年4月 5日　初版印刷
2010年4月20日　初版発行

著　者　立松和平（たてまつわへい）
発行者　黒須雪子
発行所　株式会社二玄社
東京都千代田区神田神保町2－2　〒101-8419
営業部：東京都文京区本駒込6－2－1　〒113-0021
Tel：03(5395)0511　Fax：03(5395)0515
http://nigensha.co.jp

編集協力　古賀弘幸
装　丁　美柑和俊

印　刷　共同印刷株式会社
製　本　株式会社越後堂製本

ISBN978-4-544-20021-8

●辞世の詩より解き明かす、最晩年の境地。

良寛 草庵雪夜作

―やすらぎを筆に託して― 吉川蕉仙 著

良寛の傑作の一つ「草庵雪夜作」七言絶句を詩と書の双方から解説し、古典や他の作品も参考にして良寛の書の魅力を徹底的に解明する。また、巻末には読者が文字をたどれるよう各行を原寸で掲載、一字ずつまたは行ごとにその良さを説き明かす。

A5判変型・112頁
●1500円

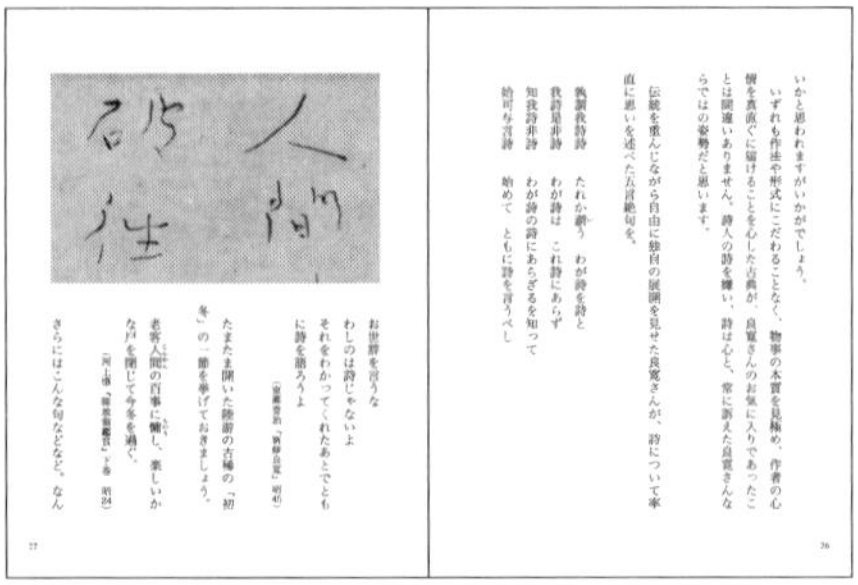

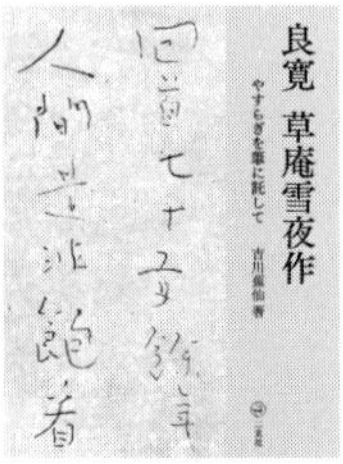

●木村家の良寛を見ずして良寛を語るなかれ！

木村家伝来

良寛墨宝

良寛維宝堂 編

新潟の旧家・木村家は、最晩年の良寛の庇護者。老年の良寛の円熟した境地を示す、秘蔵品百余点と各種の貴重な資料を紹介する。

B4判変型・貼函入・総カラー244頁
●22000円

●ふたたび問う、良寛の真髄！

［重要文化財］
阿部家伝来

良寛墨宝

加藤僖一 編

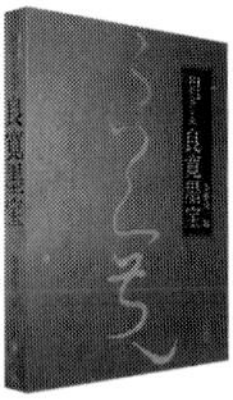

阿部家の良寛は御家流の書風から最晩年まで、書人としての全生涯にわたる。遊び心に満ちた壮年期の書の全貌を公開する。

B4判変型・貼函入・総カラー276頁
●22000円

二玄社 〈平成22年4月現在／本体価格表示〉 http://nigensha.co.jp